中國女性文學獎得主
曹明霞 隨筆集

我願意這樣生活

「貓空──中國當代文學典藏叢書」出版緣起

當代中國從不欠缺動盪的驚奇故事，卻少有靈魂拷問的創作自由。從禁錮之地到開放花園，透過自由書寫，中國作家直視自我，探索環境的遽變，以金石文字碰撞出琅琅聲響，讓讀者得以深度閱讀中國當代文學的歸向。

秀威資訊自創立以來，一直鼓勵大家「寫自己的故事，唱自己的歌，出版自己的書」，主張「不論任何人、在任何地方、於任何時間」都可以享有沒有恐懼的創作自由，這正是我們要揭櫫的現代生活根本，也是自由寫作的具體實踐。

期待藉此叢書，開拓當代中國文學的視野版圖，吸引更多中國作家投入寫作，讓自由世界以華文書寫的創作，中國作家的精采故事不再缺席。

「貓空──典藏叢書」編輯部

二〇二二年九月

臺灣版自序／這個世界會好嗎？

曹明霞

很小的時候，鄰居華家男人鷹鼻深目，嗜酒。酒後不是掂菜刀就是拎斧頭，要劈女人。記憶中他家男孩光著衝進我家，有時是早晨有時是半夜，冰天雪地，嗓音沙啞劈裂：「我爸要殺我媽了！」

——那份驚恐，也一次次嚇裂了我的心臟。長大後極怕驚嚇，極度膽小，應是那時養成的。

有一天，大家還沒吃晚飯，街上傳來呼叫——他媽媽在前面跑，他爸拎著劈柴的大斧後面追。一街人都跑出來看，拉架，勸說，那男人見女人加速了，竟輪圓胳膊投標槍一樣把斧頭擲了出去，好在沒剁著人。再後來的有一天，中午放學時光，他母親服劇毒倒在自家院落，回家的大女兒當場就疼瘋了。

還有一夏姓鄰舍，那男人也奇特，他家上有老母，下面兒女成群，男人只是一普通工人，可他們家一年四季有雞有魚，肉食飄香。幾個女兒花枝招展，老爹老娘冬天皮襖夏天絲綢，他自己也吃成了那個年代少有的胖子。他家是哪來的錢呢？人們納悶兒。

後來知道全憑一張嘴，和腦絡。他會幫A求B，告訴C自己朝裡有人，北京的什麼親戚在做大官。在他的斡旋下，有的人當了兵，有的人轉了正，還有人在北京瞧病住上了院。都是一些難辦的事兒。他的老爹老娘死後還成功埋進那個著名的八寶山。

也有辦不成，露餡兒時。他就東躲西藏，扎花頭巾扮女人逃掉，躲不及時直接跳進豬圈……那時人們管這種行為叫騙子，很痛恨。沒幾年，此方法盛行，且到高層，人們開始豔羨、承認這是一種能耐了。

我曾慶幸沒有生在華家，渴望夏家。

投胎這事兒不由己，沒有人不想過好的生活。可有人一出生就是「羅馬」，而有的人卻終生要當騾馬。回首前塵，半生惴惴，惶恐多憂是常態，而快樂像日子裡的鹽。是文學，她搭救性命般，拯救了我。遼闊的閱讀和寫作，讓我沉重的身心有了片刻的輕逸，舒展，自由。也有了一片扎實的大地。

年輕時嚮往樂土，中原一居三十年，見識了北方男人殺伐用斧頭，這裡的人屠宰不用刀。土壤和收成的關係，讓我持久陷入憂傷，那是一種身在泥淖，有力使不上的絕望。

寫此篇自序時，窗外，正秋陽燦爛，馬路上卻闃無一人——生活跌進了魔幻大片樣的戲劇，這麼好的陽光，只有幾個「大白」和「紅箍」可享，其他人不許下樓。「特殊時期」，手機被迫加入了許多群，群裡見識了許多平時沒有機會打交道的人。一個短視頻，一年輕男子正崩潰般的自摑耳光，左手狠抽左臉，右手猛打右邊。下面是一片呲牙的笑臉，還有人說講究，打掉了口罩還不忘戴上——同胞遭難動物尚且兔死狐悲，這些，還是人類嗎？

有人在罵染冠者是「走地雞」，怪她到處走。這些人對每天免費的捅測幾乎是興高采烈，按著大喇叭的吆喝排長龍，一個一個，毫無挂礙、也毫無心理障礙地張大了嘴，伸上去——魯迅筆下那些麻木的人，他們冷血的子子孫孫，一直活到今天。

還看到一則消息，海那邊那個女作家，她的書不許看不許賣了。而此時，這套書還在編印中，允許賣允許有人閱讀。有一點點慶幸，也有一絲絲羞恥。

這個世界會好嗎？

業餘寫作幾十年，創作過很多種文體，其中最愛的，還是小說。為之嘔心瀝血。那些書中的人物，曾陪我度過許多歲月。文學之於我，是生命的撐持和苟延，她幾乎宗教般，撫慰著我的精神和情感。二〇一五年冬，有幸受秀威之邀，去海那邊走了走，看一看。曾與一出版界令人尊敬的老先生會面，他本身也是很優秀的作家，出版了很多自己和同行的好書。當時，他把一本書平攤開來，放在桌面，中間的書頁柔軟而有韌性，絲綢一樣順滑。老先生慨嘆多媒體對紙介的衝擊，那份敬惜，珍愛，至今讓我難忘。他說文學也是他的宗教。

汽車終止了馬車，是人類的進步。但汽車是要有剎車的，沒有剎車的狂奔是可怕的。拙作文叢，自知是巨浪中的一滴水，一塵沙，讀者有限，稿酬也不可觀。但我心中，還是懷有一份夢想，一份羞澀的，可能會被人嘲笑的希望夢想：未來有一天，某書店翩翩走進一個人，或兩個，他們是關錦鵬李安以及那些熱愛藝術的行家，這套蘊藉著我生命的悲喜之書恰巧與他們相遇，一閱還很會心，嘿，這部小說我要改編她！

——多麼美好！

最近新開頭了一個小說，開篇用了東亞諺語：「河水高漲時，魚吃腐蟲；河水乾涸，腐蟲吃魚」。一個人一生的幸與不幸，與時代的漲落有關，也與自身角色相涉。生在華家好還是夏家妙？端看自身所處的網格。華家那個持斧頭的爹，他掌管著全家人的命運，生殺大權，對他來說，全是好日子。而夏家呢，那些兒女們，老爹們，則顯得幸運。

金魚是需要一泓清水的，蛆蟲熱愛腐灘。當滿天下都是一口大爛泥塘時，那泥鰍這個品種，它一定活得最歡。

網上又在流傳一張圖片，「這個世界會好嗎？」——有人把原來的答案「會的」劃掉，改成了「等通知」。

抬頭看窗外，整整封閉一星期了。群裡大家都在問：什麼時候可以解封呢？什麼時候可以下樓？明天允許大家出門去自己買菜嗎？孩子能不能上學？還有問俄烏炮火的，問怎麼才能出門治病？去奔喪行不行？管事的一律回答：不知道，等通知！

所有人的生活，在等通知。

身心疲憊。我關掉電腦再次來到窗前，窗外，秋陽已涼，寒意許許。如果此時可以去戶外走一走，該多好啊！可是不能，暫時不被允許。明天，明天可以嗎？我問蒼天，蒼穹巨石般沉默。

里爾克說：「我們必須全力以赴，同時，又不抱持任何希望。」只能如此。

感謝敏如，感謝人玉，感謝秀威，也謝謝和這套書相遇的讀者。

——明霞於二〇二二年九月，河北

目次

第二單元　平原的風

第三單元　文學之旅

第五單元　行萬里路

第六單元　家族密碼

我願意這樣生活

第一單元

故鄉的雪

故鄉女孩

鄰家小七兒

門前小路的東邊盡頭，是孫福順家。他家讓一街人都驚奇的是，一口氣，生了五朵金花，到第六個，終於來個了「鬍子」（「鬍子」是東北人對土匪的別稱，有畏有敬，給自家幼崽起這樣的威名，是盼他將來驍勇的意思）。本來生到此可以結束了，誰想第二年，他母親又生下一個，女孩，隨著排行叫小七兒。讓大家沒想到的是，生完小七兒第十天，她母親就喝紅礬了。

女人服毒，在我們小縣城不算新鮮，差不多隔一段，就有誰誰家的女人喝礬了。有的為了丟一頭豬，有的因為挨了男人一頓打。紅礬、白礬，是那時女人自裁的主要手段。

未滿月的小七兒被父親當成荊條，背到後背跪到丈母娘跟前，也就是小七兒的姥姥家。負荊請罪，也同時把「荊」交給了對方。孫福順左右開弓搧自己耳光，並磕了三個響頭，說小七兒的姥姥就是他的親娘，姑娘沒了，他這個未來的兒，會負責她一直的養老送終。有這樣的諾誓，小七兒的姥姥就把女兒的死一筆勾銷了。

可小七兒長到七歲時，姥姥沒了。她只好再回到父親身邊。

這時的家裡，已經走了三個後娘。紛紛走的後娘都受不了這家的五朵金花，「幾個姑子幾個婆婆」，說的是婆家的大姑小姑就相當於事兒多的婆婆，五朵金花，也是「婆婆級」的閨女，況且她們身下還有一個「六鬍子」，六鬍子大家也叫他「六祖宗」，可見其家中的地位。先後走掉的三個女人都說，寧可回家種地，也不伺候這幫奶奶祖宗了。

後來，五朵金花都出嫁了，剩下孫福順、六鬍子、小七兒，他們三個過起了日子。十二歲的小七兒就初潮了。十三歲的六鬍子，竟也長出了鬍子。他們的父親，孫福順，每天打魚、喝酒為生，早出晚歸。小七兒像這個家裡的童養媳，不同的是她很幸福。她們家的日子很富裕，賣魚買酒、買花衣，鄰居們總能看到，孫福順和六鬍子的臉上，長年紅撲撲的。

日子的不幸是在一個秋天的傍晚，去她家借漁具的鄰居，看見了院中蹲著的小七兒，她依在木柵欄上，像一袋少少的米，她也喝了紅礬，嘴角在冒白沫。鄰居大喊並把她背到屋裡，那時搶救服毒人的辦法是往嘴裡灌大糞，人糞、豬糞都行。小七兒被灌了過來。

第二年秋，小七兒又來了一次，這一次，是她哥哥六鬍子發現的。六鬍子用自行車馱起妹妹向醫院飛跑，自行車後座上搭著的小七兒，已經軟了，橫耷拉下來的細脖頸，和嘴角流著的血，使她像一隻剛受屠宰的小雞。

這一回小七兒沒有搶救過來，她死了。為什麼死的，鄰居說得很難聽。

一個是哥哥，一個是父親，無法想像。

對門兒的豔陽

豔陽的母親也是服毒的，那時有了「敵敵畏」。豔陽放學那天，滿街人都站在她家門口，背著書包的豔陽，意識到媽媽出事了。十幾年來，母親投河、上吊、臥軌，一直跟男人鬧。男人愛喝酒，常常酒後打她。豔陽拚力扒開層層的人群，看到地上躺著的母親，臉、全身，都是泥土。一隻腳還光著，鞋子沒了。

平時愛乾淨的媽媽，成了這個樣子。

豔陽當時就唱起了歌兒，她疼瘋了。她還說：「大爺、大娘你們來看我家熱鬧呢，別看了，都走吧。我媽我給她洗洗就好了……。」她又去推那些小孩子——「都走，都走，有什麼好看的呢！」——她推不動，就笑出了眼淚……。豔陽的妹妹小二，上來抱住姐姐，搖晃她半天，她才咕咚一下，仰倒在地，暈過去了。

豔陽瘋了一年多。

被治癒，是她後來的丈夫，教她的高中語文老師。語文老師喜歡豔陽，豔陽特別漂亮。豔陽有妹妹，有弟弟，她的爸爸，跟孫福順一樣，以酒度日，但他不會打魚。他每天的日子，就是打麻將、喝酒。豔陽不到十八歲就跟語文老師結婚了，還生了孩子。語文老師沒能管她一家老小，這是後來豔陽才明白過來的。大冬天裡，我們經常能看到，冰雪的路面上，豔陽的自行車馱著一個松花江牌帆布大包，裡面是罐頭、煙酒。那時的送禮也只停留在這個水準，很奏效的。豔陽後來進了縣政府工作，還離了婚。

撐起父親這片天空的，是豔陽。她的爸爸，沒有一天不需要酒，頓頓。沒喝上酒的父親，撒起瘋來滿大街的人都望風而逃，因為他見雞撵雞，見人打人。相反，如果他懷裡抱著一瓶酒回來，一元錢一斤的白酒，大家便能放下心來駐足觀賞，還可以打問打問豔陽的情況：在政府部門做什麼呢？有對象了沒有？

豔陽的弟弟妹妹都學習不好，但長相好。他們天生的黑眼圈，像印度小孩。豔陽給妹妹小二，安排進了縣政府的招待所，當服務員。這一安排，使小二在未來的婚姻前景上，也道路寬廣，後來果然嫁了個政府幹部。弟弟百歲兒，政府門前站崗的，小夥子高大、帥氣，很有人緣，被領導看中，收為快婿。

到了一九八八年的時候，豔陽率先下海，承包了站前廣場的「大眾旅社」，她更名為「春來賓館」。店的前身是國營的，一直虧本。豔陽接手後，馬上盈利。那時候陪夜的小姐已經遍地開花了，豔陽的一家人都派上了用場，妹妹小二辭了效益不好的招待所，到這裡親自招呼客人。她的印度女子模樣，很吸引人。弟弟百歲，也從政府看大門的，變成現在的看場子，很有威懾力。老父親，天天抱著一壺酒，被鄰居諷為「茶壺先生」。當年因為母親去世而疼瘋了的那個純潔女孩，豔陽，她經過世事的洗練，而成長為當地最有能耐、最著名的老鴇。

很多人都羨慕她。

愛美的郝青

郝青是五年級時來我們班的，大家對她的第一印象，是她穿得太漂亮了。那個年代，小小的她就有各種顏色小皮鞋，和鑲著牙兒的花布衫，非常讓大家羨慕。

胖嘟嘟的臉，胖嘟嘟的身，郝青像一個小冬瓜。家境富裕，人緣兒也好，第一天放學，她就拉著我們一幫人，去她家玩兒。而更多的同學，是要匆匆跑回家幫母親幹活的，更不允許隨便帶一幫人回來妨礙母親的活計。郝青率領我們浩浩蕩蕩進了她家門，不但沒有難看的臉色，相反，她的母親、父親、姐姐，都笑咪咪地，很歡迎我們。郝青的爸爸是個木匠，她家房子多得就像宮殿。我們進門時，他父親正給一具棺材上油漆，嚇得我們忽啦一下都跑進了屋。

郝青家的富裕讓我們的眼睛不夠使，後來才明白，是她大姐的功勞。她大姐是供銷社的會計，郝青買的筆、本，包括她穿的花裙子、背帶褲，都是姐姐的疼愛。郝青的二姐郝藍，也不簡單，在國營三百當會計，兩個小姑娘，像家裡的兩隻金耙子，讓這個家富甲一方。唯一的遺憾，是她們長得都太瘦弱、矮小，稀疏的頭髮，讓人看第一眼，就揪心、同情。

郝青的大姐三十歲了還沒嫁出去，到了三十五，給一個喪妻的男人做了「續弦」。郝青的二姐郝藍也是過了三十都沒嫁，雖然她人很好，穿戴也不錯，可小夥子們都是以貌取人的。三十五那年，她也找了個鰥夫，算結婚了。

長到十四歲的郝青，就非常注重自己的儀表了，她把胖嘟嘟的身材，用豎條紋衣裳，勒得瘦些。圓嘟嘟的臉兒，用斜向的瀏海兒，弄出一個尖殼兒。她還把兩隻小辮的辮梢兒，用鐵棍加熱，捲出彎彎的燙花兒。紅皮鞋，花裙邊，兩隻彎彎的小辮，使她的打扮像格林童話裡的公主。

一天，郝青帶我去她的小屋，把門關牢。我們趴在炕上，臉對著臉，她讓我看看她的眼睛——「有什麼變化？」

我搖搖頭。「看不出變化。」

「妳沒發現我的眼皮兒雙了？」

噢，趴上去細看，腫眼泡兒上確實有一道兒小細紋。

她說：「我用黑卡子劃的。」說著，她拿出了那種老式的，鐵絲上刷黑漆的別頭卡子，舉起尖頭鋒利的這端，輕輕比劃著。「就這樣，一下一下，我劃了一個禮拜，這紋兒就站住了。」

「疼不疼啊？」

「疼一點兒，劃一會兒就不疼了。」

「我還打算劃上三年，等它完全定型了，就成雙眼皮兒了。」

郝青又問：「我的眉毛也有變化，看出來了嗎？」

她不等我猜測，又拿出一樣自製的美容器，是她爸爸做木工用的小鉗子，她說：「用它，一根兒一根兒拔的，很管用。」

郝青後來，隔三差五有就些變化：她把她的嘴唇，用她媽媽做活的縫針，扎出了一圈棱角分明的線，那是二十年後才有的「漂唇」。鼻子部分，她說她天天都用手捏。郝青訂閱《大眾電影》，隔一段時間，她就挑一位電影明星喜歡，並說照著那個樣子長。

相由心生，愛美的郝青，後來真的變化很大。鼻子伸展了，眼睛雙起來了，那張自己漂過的嘴，經過扎刺的痛楚，錦繡出一朵豔麗的花。她說她怕像兩個姐姐那樣，長大了嫁不出去。郝青全部的心思都用在了對美的追求中，這使她的功課很不好，高中沒考上，第二年就工作了。

在她二姐的商場，租了一截櫃檯，賣女士用品。

我見她時，她上身一件水粉色的小毛衫，這是本地小縣城還沒出現過的樣式，下身背帶牛仔，頭型是正在流行的「秀芝」式（電視劇《霍元甲》裡那個日本女諜），短的一邊齊耳，長的一邊低下來，就會遮蓋住半邊臉——「最是那一低頭的溫柔，恰似水蓮花不勝涼風的嬌羞」，郝青的美很有風情。

郝青告訴我，她有「對象」了，比她還小一歲。她說她不會落得姐姐那樣的下場了。這個小夥子非常愛郝青，全因她的美，及她對美的不懈追求。

我也嚮往美

郝青過早地走入社會，讓我感到孤單。每天上學放學，我都形單影隻。

這天，因為搞值日，回家的路上都亮起了路燈。在電影院門口，路燈射程內的一小塊橘黃色光暈裡，一對散步的男女，他們不像我們小鎮人，背影、髮型、喁喁的低語，他們的氣息使我著迷。

右側的電影院，水泥門楣上是「某某工人俱樂部」。俱樂部平時用來開會，偶放電影，趕上什麼運動，用來開批判大會。國家最有權的那個人去世那年，它成了全縣小學生弔唁祭奠的靈堂。最令我們嚮往的，是它的演劇功能，真人，臉上抹著油彩，在臺上蹦、跳、唱。現在這對男女，很可能就是劇團的，來這演出了。每年夏天都有兩場。

男人咖啡色夾克，手插褲兜，女人的後背上，背著一柄琴（後來我才知道那叫琵琶）。豎起的袋子高高挺在腦後，很藝術。腳下的半高跟鞋，閃著幽光。他們的衣服不同於我們，神情也不同於我們，更不同的，是女人的髮型，縣城女子普遍的髮式是姑娘梳辮子，婦女梳短髮，都是直的。這個背琴女子是一頭的波浪，清眉俊眼，很像海報上的人。他們兩人忽遠忽近，款款喁喁，那條沙土路的小街，因為他們的背影，喁喁，一下子與往日不同了。

這種真實、迫近的美，令我心痛，又讓我窒息。他們如此切近，又如此遙遠——我覺得我跟他們，隔著銀河……。背琴女子並不是一味地向前走，他們走出了那段燈光，就折返回來。我沒有理由跟著他們折返，也不能超越過去回頭盯看，當他們走過去，我就裝作蹲下繫鞋帶兒，待他們轉了身，我再走出來，放心大膽地，在後面久久欣賞……

捨不得離去，又怕引起懷疑。其實，他們是注意不到我的，一個不到十歲的小姑娘。整個晚上，他們確實從始至終都沒看我一眼，這讓我鬆了口氣。我幻想，明天我能坐進俱樂部裡，她在舞臺上，我在舞臺下，磊落光明地、大膽地，把他們一次看個夠——那種無法言說，讓人震驚的美，太使我著迷了……。他們走過來，又一次折回去……。那盞橘黃色的路燈，成為他們的舞臺追光燈……

不知看了多久，我終於該回家了。因為他們已結束了散步，走進「俱樂部」旁的偏門，那是招待所。看來，他們真是外地的演員。我無限惆悵地回家了。

第二天早上，我拿出我的白衣裳、藍褲子，媽媽問：「學校也不開運動會，妳咋穿這個？」我撒謊說：「班裡有活動，老師讓穿。」媽媽眼神疑惑：「班裡有活動，現在天都這麼冷了，也不該穿這個啊。」

我沒法跟她解釋，這是我當時最好的衣裳了，不穿這個，讓我怎麼有勇氣和他們相遇？連看背影都不配！冷就冷，我拿上塊餅子，快步跑出了家門。

我計畫下午放學早點出來，再和他們相遇。

我還帶出了兩毛錢，如果他們有演出，我就花錢進去看。

下午快放學時，我問幾個平時愛唱歌的同學：「去看劇嗎？」我們當時把所有的演出，電影、唱歌兒、唱戲，都統稱為「看劇」。

多數同學都搖了頭，說沒錢。只有尹華，她問：「有票嗎？」

我想了想，說：「咱倆買一張。」

「那能進去？」

我也犯了難。

她說再等一陣兒吧，等她媽給了她錢，她再去。

放了學，還是我值日，掃帚被我掄得滿天飛，很快就掃完。然後我跑去水房用冷水洗了臉，抻平了衣裳，背起書包跑向回家的路。「某某工人俱樂部」是我每天的必經之路，平時走到那裡，我也會停下來，看看海報。沒有新的，我就看舊的。站在那裡，我感到小縣城一下子大得無邊了。

沒看到那對男女，我跑去售票窗口，窗口裡沒人，那個小木板上寫著「無」。有節目的時候它就寫著「有」。

怎麼能是「無」呢？

我預感不好地回頭看，俱樂部的臺階下開來一輛大卡車，很多人從小門進進出出，向車上抬東西。黑箱子很多，銅頭鐵鎖，還有一些綢布、帶油彩的畫板，這些顯然是道具。

那對演員呢？

我的心墜入冰窖，涼極了。

淚水在眼裡打轉，全世界一下都空了。

裝車的人很快就裝完了，最後一個人坐進司機室，他雙手互捋著兩手的灰塵，一躍，跳上了高駕座，「嘀嘀」摁兩聲喇叭，就要開車了。

我跑上去扒住車門，問他：「師傅，那個——那個，你們的演員呢？就是那個，那個女演員。」

「哪個？」

「就是那個——背上背著琴的阿姨？頭髮很長，有花兒。」我用手比劃著。

「哦，」旁邊的人說，「小姑娘說的是楚梅吧。她們上午就走了，坐火車。」

「不在這兒演了嗎？」

「慶安縣臨時有任務，去那了。」

「那她什麼時候還來呢？」

「這個我可不知道。得問團長。」

「團長也不行，得聽上邊的。」另一人說。

他們看著我的失落，說：「小姑娘快回家吧，天都黑了。」

那個晚上我回到家，母親她們都吃過飯了。母親問我：「為什麼回來這麼晚？」我沒有給出答案。回到小屋，脫下保持了一天的乾淨衣裳，飯也不想吃，坐在椅子上空洞地望著窗外。腦子裡一直是那個叫楚梅的演員，她的琴、她的背影……

我還暗想：明天，我要翹課去慶安，去那裡找他們。

我無法告訴母親，我回來晚，是一直徘徊在老俱樂部門前，走過來，走過去，踏著那個叫楚梅的阿姨的足跡，模仿她，她走過的路，讓我留連，忘返……

第二天，我沒有去成慶安。母親把我的錢沒收了。她覺得我的神情不對。當然，從此再也沒有見到那個叫楚梅的演員。但她的氣息、神情，像我呼吸過的清新空氣一樣，永久地長進了身體，並讓「美」這粒種子，在心靈生根發芽。然後，我沒有成為演員，而是沿著那條追尋之路，成為為演員寫劇本的人。

一直到今天。

冬天的小郵局

哥哥曾是軍人，那時，他用僅有的十幾元津貼，買剛剛復刊的各省文學期刊，其中有《山西文學》，及上面辦的函授班。我的文學夢，就從那裡啟航。

哥哥告訴我，如果投稿，不須貼郵資，只要在信封的右上角，用剪刀剪去一塊，稿件就可順利抵達。哥哥的這一經驗，得益於他那些同樣愛好文學的戰友們。

那時，縣城唯一的小郵局，離我家很遠。秋天，落英繽紛的小道上，有我和另一女同學小小的身影，我們相伴去郵局，她買報刊，我寄稿件。一封稿子寄出，可能要十天半月，再回來，郵路也許更漫長。從小郵局回來的路上，星星、月亮、路邊的樹梢兒，都留下了我殷殷的希望。

後來工作了，做機關的文祕，辦公室寫材料，裝模做樣地「總結」，下面壓著偷偷寫的小說。辦公室主任偶爾來開門，看我們在幹什麼，我會迅速埋下頭，認真處理公務的樣子。待主任走開，我再望向窗外。

冬季的辦公室，玻璃窗上結滿了厚厚的霜花，我用嘴裡的熱氣，把窗子哈出一塊月亮大的圓洞，從那兒望去，可以看到廠門口的收發室，收發室門前的綠色身影——那個老郵差，他是我最盼望的人。

整整一個冬天，那個綠色的身影，就像我們小鎮上的郵局，讓我遙想、盼望，親切，寄託，溫暖。

再後來，我的生活發生了變化，年輕幼稚的我，那個時期最喜席慕蓉的詩，並把它們一筆一劃，抄寫在了日記本上：

一直在尋找，一段美麗的愛，
所以我毫不猶疑地將你捨棄。
流浪的途中不斷尋覓，
再回首時，卻發現，
年輕的你，從未稍離。

讀詩，寫詩；讀散文，寫散文；看小說，寫小說。雖然文學很遙遙，但靜寂下來，沒有什麼是比文學更能安慰我心的了。文學的救贖，是在日後，越來越顯現的。我時常地想，沒有閱讀，如何挨過那一個又一個寒冷的冬天？不是寫作，又如何度過生命一場又一場至暗的夜晚？是讀書、寫作，讓枯索的日子變得豐盈、富有，並日漸豐饒；同樣是文學，讓輕飄的肉身有了厚重沉實的錨……

那神奇的、生生不息的文字啊，它們像上帝降下的天火，薪火匯聚，成為一柄柄火炬，一盞盞明燈。它既溫暖了我們的旅程，又燭照著我們的家園。並陪伴，孤獨的人，走過漫漫人生路。

——故鄉那厝綠色的小郵局，就是渡我抵達彼岸的航船……

——寫於一九八八年　文學院

女人的區別

二十年前，我還生活在北方的一個縣城，說縣城，其實我們那裡跟鄉鎮也差不多。在我居住的一排排小平房裡，家家都有一個木柵圍起的院落。站在自家的窗前，能聽見、看見鄰家發生的大事小情。就算隔上幾家，如果那家的女人說話嗓門高，或者哭嚎，一整排的房子裡，家家都聽得清清楚楚。

有一年冬天，因為寒冷，很多人家的門窗要像給人穿棉襖一樣，釘上厚厚的棉門簾，不但保暖，隔音效果也非常好。即使這樣，一個北風呼嘯的三九天，窗外傳來隱隱的哭聲，呼嘯伴著嗚咽，很淒厲——我們都奇怪，大冷的天，誰這樣哭呢？門簾這麼厚，都聽得見！大家都推開門，辨出來是這排平房的最東邊那家，新近娶的兒媳婦。鞭炮碎屑還在門口，怎麼就這樣哭上了呢？

透過一家家的柵欄，影影綽綽，像是幾個人在拉扯。哦，聽明白了，是兒媳婦，她邊哭邊要掙脫開眾人，向高高的柴禾垛上爬。每家的院落裡都有柴垛，有老年婦女坐上面罵街的，也有女人受欺了坐上面揚家醜的。高高的柴禾垛，爬上去，就是個舞臺。

那女人坐到了上面，下面的人仰望著，沒轍了。

女人坐好後，哭聲變成了鏗鏘的誓言，不，是宣言，加聲討。她說：「我就是要到外邊來哭！我就是要讓大家都知道知道！我要好好坷磣坷磣你們老王家！」

噢，這家人原來姓王。

王家婆婆說：「妳下來，妳下來，回屋哭去。妳不嫌坷磣我們還嫌坷磣呢。」

王家公爹也跺腳：「老王家的門風都讓妳給敗壞了，臉丟盡了！」

「爸，媽，咱們進屋，不管她！願意哭就哭吧，凍死她！」這是她丈夫的主意。

「越勸越曬臉！讓她在這曬著吧，看她能曬到啥時候。」說這話的可能是小姑或大姑。

女人不理他們的話，昂首向天，是哭訴也是吶喊：

「我一個冬天就給你們老王家做了十二條棉褲，厚的、薄的，一樣都不少，我起早摸黑，你們還想咋的?!」

「我豬也餵了，雞也圈了，鴨架也掏乾淨了，就連人吃的，我都做在前，吃在後，該洗洗該涮涮，人和畜牲，一樣都沒少，天天伺候你們，你們還想讓我咋的?!」

「過日子我省吃儉用，一分錢掰成八瓣兒花，掙的工資也都交了，又沒潑米撒麵，你們咋還掐半拉眼珠子看不上我？」

「你兒子喝酒、賭錢，吐了我掃，輸了我掏，家裡啥活不幹，養大爺一樣，你們憑什麼還挑唆他，讓他打我、罵我？」

「還挑唆我們離婚！」

「告訴你們，生是王家的人，死是王家的鬼，讓他打死我我也不離！想挑唆你兒子不跟我過，沒門兒！」

……

那個冬天，這個女人的哭鬧一直持續到太陽落山。很多人都聽累了回屋了，她還坐在柴垛上。只有一些小孩兒，圍在下面看熱鬧。中間有她婆婆出來罵兩句、勸兩句，也有她公公的怒吼，還有她丈夫的咬牙切齒，威脅說再不下來，真跟她離。小姑或是大姑，出來幾次遣散人群。也有好心的鄰居，讓那女人別哭了，再哭把臉都哭「山」了。「山」是我們那地方對「皴」的一種叫法，冬季冷，很多人的臉和手，包括腳，都會皴，如果手上有水在外面，皴得更快，還會裂口，很疼。女人現在臉上這樣哭，用不了多久，一定會皴的，也就是「山」了。可是，這個悲痛中的兒媳婦，似乎什麼也不顧，也不怕臉「山」，她就是坐在上面，單調地重複著那些來回數落的罪狀，什麼「我當牛做馬了，給你們老王家驢一樣幹活，我有什麼錯？你們挑唆你兒子離婚，打死我也不離！」

那真是一個令人哀傷的下午。

後來，幾年之後，我到了中原生活。民居是樓上樓下，那簡單的預製板，因為有暖氣管穿過，每家的日常生活，依然不大私密。樓上或樓下吵起來時，交火程度好似在自家。這回我聽到的是城裡人，城市女人，她對家庭的控訴，兼討伐，就沒有那麼悲愴，有點像叫板加唱戲，無論是指責還是謾罵，念白一樣，充滿了節奏和喜感：

「某某王八蛋你給我聽著」，這是在叫她丈夫的名字。她說：「某某某，我不是你們老王家買來的老媽子，老娘有工資，自己能養活自己。想騎在老娘頭上，做夢！」

「讓我天天洗衣服、做飯，伺候孩子，你當甩手掌櫃的，你算老幾呀?!」

「你媽慣著你，我可不慣著。你媽心疼你，憑什麼不心疼我?! 捨不得兒子，別讓他結婚啊！天天守著你媽過，多好，娘倆過，又省力又省錢！」

「臭不要臉的，還想打我，瞎了你的狗眼。你動我一個指頭試試？碰倒一根毫毛，姑奶奶讓你跪著扶起來……」

從始至終，聽不到男人的回聲。後來，偶爾有兩句咕噥，分辨的意味更濃。女人快板兒一樣數落了近一個小時，嗓子都冒煙兒了，由低，而啞，而靜。然後，傳來了倒水聲、端杯子聲、勸慰聲、喝水聲、男人的咕噥聲……。女人喝好了，聲音再度響起，這時候，沒有明顯的物落聲，沉悶中，卻像兩個人在暗暗較力。女人說了一句：「少來這套！」男人咕噥著：「這套怎麼的？這套怎麼的？……」一扭，一抱；再扭，再抱，女人就沒聲了。那一場，女人的叫罵變成了投降，指責轉為嗔恨，夫妻好合中，女人的憤怒偃旗息鼓……

後來，這家女人跟鄰居的女人探討時，很知心地交流婚姻經，她總結：「這日子吧，寧可打黃了，也不能讓他們給妳熊黃了。有婆婆摻和，一起欺壓妳，妳越怕，越沒好兒！妳又不是沒有工作，妳又不是靠他活，誰欠誰呀。」她給男人的婚姻政策是：「想過，你給我好好的，別三天兩頭聽你媽的。不想過，誰離了誰都照樣活！」她說：「現在的各行各業，壟斷就沒好兒！婚姻也是一樣，男人以為結了婚，就一勞永逸，混日子要懶，女人都沒轍。以為那一張結婚證，是老幹部終身制呢。哼，想得美，這不公平的！」

「要想提高婚姻品質，就得讓他們有風險意識，男女都一樣。實踐已經證明，哪裡有競爭，哪兒才有活水。混著來，蒙著過，早晚得垮掉！」

——這是城市女人對家庭經的宣言。

我的小學老師

在我上小學的時候，我的老師是個山東人，山東口音。她講的課我幾乎一句都聽不明白，但她訓斥和辱罵同學的話，我大概是都聽懂了。同學們多數都不喜歡她，背後叫她山東子。

同學們不喜歡老師的原因除她口音外，還有她對同學的「偏向」（偏向是同學中用得最多的一個詞，意即偏袒一方，非常不公正）。比如，她把一個高個子的男同學，安排在教室前排中間最好的位置，使這個同學看黑板的距離不遠不近，還不吃粉筆灰。可他的高個子卻遮擋了別的同學視線。

全班同學要定期輪換坐位，唯獨這個男同學可以長年不動。有時，他和別的同學打了架，山東子老師也只罰別人站著，而這個男同學，卻哼著小曲坐下了。大家都知道，他媽是醫生，還是什麼主任，經常免費送給山東子老師一些藥品。而山東子老師以為我們還小，不懂這些，她笑嘻嘻地接過那個同學捎來的藥品時，根本不避我們。

班裡還有一些家長，因為他們有能耐的原因，他們的孩子，也都受到山東子老師的格外偏袒。在我不足六歲的童年世界裡，老師這樣做，傷害很大。

山東子老師有個兒子也在我們班，不知為什麼她的兒子叫「地瓜」。班裡那些受到優待、享有特權的惡劣少年，在地瓜面前都是馴良的臣民。他們要把強行抄來的作業再抄給他，把從女同學那兒搶來的毽子獻給他，把自己從家裡偷出或騙出來的錢交給他來花，特別是一些窮人家的孩子，為能在一次爭鬥中加入他的麾下而更加為非作歹，往我們女同學的書包裡塞沙土，塞青蛙，塞蚯蚓……。那時我把對地瓜的恨，也全部都加在了他母親身上。

有一次，一個女同學上課說話，老師讓她站起來，說上課說話的只能站著聽講。這個女同學堅決不站，她小聲地分辯說她沒有說話，她說她在要回自己的作業本，她的作業本被另一個同學拿去了，她不要回自己的作業本就沒法寫作業。她問老師：「要回自己的作業本來寫作業，也算說話嗎？」

老師被她問得很生氣，說：「不管什麼理由上課說話就不行。」然後一次次提高聲音讓她站起來，她一次比一次聲小地堅持不站。在僵持了約五分鐘後，老師邊說「還沒有我治不了的學生」，邊疾步衝到她桌前，單臂一較力，把這個女同學隔著一個人，生生給拎了出來。

她只穿了一件布上衣，被拎時扯開了第一粒扣子，露出細細而骯髒的脖子。她像沒事人一樣，把那粒扣子繫上，然後分開擋著她的同學，又回到了原位。

老師氣壞了，再一次喝令她站起來，她不站，說不怨自己，怨那個拿了她本子的同學。在她的分辯中，她又一次被老師薅出座位，而且跌倒在地上，但她還是修整了一下自己，又回到座位，坐下了。

當她第三次被老師拽倒的時候，她的堅持有了動搖，她說要站可以，讓拿她本子的那個同學也跟她一起站才行。

她的討價還價徹底激怒了老師，山東子老師說：「這回我讓妳出去站著！」說著，雙臂一使勁，想把她推出門外。在推和抵中，作用力與反作用力的拉扯抗衡下，這個女同學那不大結實的五個扣子，「嘎嘣嘣嘣」全掉了。

所有的同學，都看到了這個女同學的黑胸脯、黑肚皮。那小小的、瘦弱的胸膛，因為長年不洗澡，而布滿了地圖一樣的「河浪」圈，還有兩個，沒有發育，硬硬的小粒乳頭。

許多女同學都替她難過得低下了頭。連平時最淘氣的那個男同學，也老實了。大家有好長時間默不作聲，這個女同學，她很執著，她竟沒有哭，兩手抿著衣襟兒，緊緊地抿。扣子都掉了，那是沒法再繫了，只有抿著。她像著了魔，也像中了蠱，非回到座位不可，她用兩隻胳膊肘，分開擋著的同學，又回到了自己座位。

山東子老師像是傻了一樣，沒有再薅她，開始講課了。

那堂課我什麼也沒聽進去，對山東子老師恨極了，比那個被辱的女同學還恨。下課的時候，亂哄哄向外擠著走的同學，老師走在前面，我真想能有武功，照她的嘴巴，來一下，打她個滿臉花。或者有神功樣的掃堂腿，把她撂倒。但這些，我只是想想，在腦中編排了一通，什麼也沒敢做。

後來，在一次全校的大會上，校長說，在學校的廁所裡，有反標。當時我不明白反標是什麼，她說出了是「打倒毛主席」。校長說在廁所寫「毛主席」三個字都犯罪，何況還說打倒了，真是反動透頂了。然後要開始全校追查。

追查的結果不知道怎麼樣，但這件事啟發了我。在一次放學後，我偷偷拿了一根粉筆，跑到廁所的牆上，在那最骯髒的地方，寫下了五個字：打倒山東子！

寫完後，又覺得不夠清楚，很多學生並不知道山東子是誰呀，我屏住呼吸，在山東子前面又加上了她的姓，後面加上了老師。

可是，走出廁所後，我還是覺得不夠好，學校裡老師眾多，山東子口音的也不止她一個，不說明白，大家還是不知道誰最可恨。我拿著還剩不多的小粉筆頭兒，返回廁所，重新修正道：

打倒一年一班的山東子X老師，因為她是世界上最偏向的大王八！

那一巷飄揚的雪花

小街、雪花、烀肉的香味兒、母親的藍頭巾——這是我對童年春節的記憶。「要過年了。」母親說出這句話，是跟父親商量，也是向父親吹起的號角，對全家發起的總動員令。春節的忙碌要開始了，我們美食的日子也要到來了。

平時再節儉，春節，一定是隆重而盛大的，富足而豐盈的。母親幼年時曾經錦衣玉食，不稼不穡；婚後，她竟能操勞起一家十幾口人的生計，同時，還餵出一口年關要宰殺的肥豬……。少女時不針不線的她，如果不是出於愛，熱愛，真愛，何以能為全家老小，一年四季地手工縫製出幾十套的薄厚棉衣？外加單褲、上衫。長大後我曾心酸地想，每年的拆洗、漿縫，再乘以無盡的歲月，那針針線線，絎進了多少母親的韶華，多少生命的光陰啊。

母親常說，這日子，就得平時像平時，春節像春節。只有這樣，日子才能紅火，興旺。也是遵照這一理論，母親把每一個「節」，都過得特別像節。春節是大節，辭舊迎新，來年的好壞，全在這一新春的開頭。剛進冬月，母親就開始了籌備，食物的存貯、室內的更新、庭除的灑掃，裡裡外外，母親頭上遮塵的花頭巾，和身上的粗布家衣，讓我怎麼都難以把她和照片上那個富家小姐聯繫起來。母親和父親的婚姻演繹了現代版的《天仙配》，屬於再版重演。所不同的是母親沒有再離開人間，她和父親男耕女織，兒女成群。

東北習俗，除夕這一天，已算是正式的新年了。日子過得有滋有味，像母親一樣能幹的女人，會在臘月的二十八九，就已萬事俱備，只待過年了。只有那些破敗的人家，才會在三十兒的早晨，手忙腳亂，洗衣服，拆被子，缺東少西，到處去借。我們家，早早就豎起了燈籠杆兒，非常地高，非常耀眼。很遠很遠地站在高崗上，都能看見我家那挑向半空中的紅燈籠。對聯兒也是早早貼好，院落很深，門裡門外都打掃得乾乾淨淨。除夕的早晨，我家就全部準備完了，所有人都穿上了新衣服，母親也不例外，這是圖吉祥。上午的大半天，孩子們玩兒，母親穿著潔淨的衣衫，坐下來，和文化最高的三哥，聊天，嗑瓜子。暢想未來的生活。有時，他們還聊文學名著，大小仲馬、《茶花女》……，在他們的安閒裡，我們跑進跑出，那是最快樂的日子。

那時的天穹，是安靜的，小街也很安靜。各家跑出來的孩子，用舌尖兒接著飄飄揚揚的雪花。白雪不紛飛，也不是鋪天蓋地，就像上天撒下的棉花糖。瀅潔，靜謐，大自然對枯燥冬季的賞賜。我們玩累了，跑回家，吃豐盛的晚飯，然後快快睡下，眯一覺兒是為了養精神，半夜守歲。等待明天的來臨。

初一的早晨，會有驚喜！人人都有份的華麗綢子，水粉色，紮到頭上好看極了。還有嶄新的，以角幣為單位的，一沓沓的壓歲錢……

那時的春節，就是我們東方的聖誕。

因為過年，平時家教很嚴的我們，也得到寬鬆。男孩不許抽煙，但是因為要放爆竹，藉機拿起煙來的哥哥，在父親的眼皮底下，也大模大樣地抽煙了；女孩不能動危險品，但因過年，也可以湊到外面放鞭炮了。院落的柴垛上，積著小山脈一樣的白雪，我們把紅紅的鞭炮一字排開，插在雪上，雪窩兒是天然的鞭炮座兒。插好，試著膽子走上前，猛吸一口，讓煙絲兒燃得足夠亮，顫顫伸出煙頭兒——鞭炮的佇列太長了，點燃的技術也不夠熟練，心跳快速，在旁邊的哥哥或鄰家男孩大吼一聲「快跑！」——所有人都抱頭鼠竄，點燃的鞭炮已經炸響，未及點的，也來不及再點——在嚇一跳的狼狽裡，所有人都感到了歡樂。驚險、刺激、化險為夷也是人生一快事……

待炮聲止息了，大家返身上前，漸漸圍籠，小心翼翼，探頭探腦。我們要查看還有多少鞭炮沒被點燃，有多少點過了但是撚兒未著，還可以再次使用。小小的爆竹，是我們貧乏歲月的一簇簇燭火，照亮頑童的心靈。

長大了，春節就過得沒那麼自在了。年前的忙碌，人人都要伸把手，力所能及。糊燈籠，貼年畫，購買瓜子、花生，特別是蒸製整個春節期間的麵食——包子、豆包、棗糕、饅頭，天啊，整整一個星期，都不得閒，就為了春節那幾天的吃吃喝喝。因為不能玩，幹活就賭氣了。這時候，「要過年了」，常掛在父親的嘴上，有威懾也有提醒，意思是：要過年了，你們可不要惹我。脾氣大的父親有時實在忍不住，要動手打人，母親就勸慰他一句，也是「要過年了，算了吧。」

「過年」成了一道禁忌，和寬大特赦的符。

是從什麼時候開始，春節不再是我們喜悅的盼望了呢？人口稀薄的小縣城，被省會的擁擠代替，天地變得那麼小了。住在樓裡，聽外面的鞭炮聲像密集的槍林彈雨，一排排湧來，一浪浪過去。電視是聽不見的，電話也要喊著說，樓上的人家，為了省事，直接用拖把，挑出來舉著放。劈啪聲在窗前炸響……。對面的社區是財政局、稅務局，這裡的大佬腰粗，公款購爆竹火力更猛，那大劑藥量的「雙響子」、「二踢腳」，爆開花後發出的是導彈一樣的巨響，「嘭，轟，哐噹」——有的聲音在頭頂，有的在半空中，從半夜三更，及至早晨，響徹整整一夜。

女兒不喜歡春節了，她說爆炸聲像戰場。

我也是同樣的心情。

人口密集的城裡，樓房，實在是不宜再放鞭炮。尚小的女兒，她沒體驗過小鎮的靜謐，靜謐中春節那份歡慶。現在，每天的食物跟平時也沒什麼兩樣，新衣裳也是隨時可以買，壓歲錢，跟零用錢差不多，有什麼新鮮的呢？唯一讓她高興的，是可以不上學了。但家長的忙碌、親戚的往來、上下火車的擁擠，和突然一聲的震耳鞭炮，還是讓她不勝其煩……

年年歲歲花相似，歲歲年年人不同啊。今年的春節，父親不在了，母親也已遠離。〈洛神賦〉裡「輕雲蔽月，流風飛雪」——那樣潔美的境地，流風飛雪，那是少年時的春節，有母親在的日子。如今，它像一幅畫、一首歌，不定什麼時候，湧入腦海，響在耳邊——那是關於母親、生命的歌謠。

——寫於二〇〇八年春節　石家莊

與女兒小冰塊

親愛的小孩

——送給女兒小冰塊兒

女兒，小冰塊兒，今天，妳已經長大成人。媽媽想寫一本書，關於妳的，想了有一年之久。半年前，我曾對妳說，等妳稍稍安定，等我略有時間，就動筆。

這本書，是我在斷續的火車上，出差候車時，紙上手寫題綱。然後節假日，或晚上，電腦動筆。我原本打算，散文集的時間順序，就從妳出生，那個飄雪的冬天寫起，寫妳歷盡劫波，終於還是留在了我腹內，我們成了未加商量的母女……

可是昨天，一個阿姨，媽媽的上級，她從東北回來，去看望她剛生產的兒媳婦。在辦公室，我們簡短地聊過工作後，又說起家常。她講到兒媳在醫院，兒媳的爸爸媽媽，也就是她的親家，從超市買回了整角的豬肉、豬蹄，還有各類生鮮水果——水池、案臺都擺不下了。她說她當時就淚水洶湧，因為她想起了她的爸爸，她爸爸小時候對她的疼愛……

阿姨接下來的敘述，媽媽聽得走神兒——她爸爸每到夏天，都會往家裡買一地的西瓜，一籃子一籃子的水果，鮮桃、葡萄……。沒等阿姨敘述完，媽媽也開始流淚了，因為媽媽想到了妳——這個世界是多麼不講理啊，有的人有父親，還有那麼浩瀚的愛。而我們，妳，這份愛是缺失的，讓妳在孤單中長大。我們惶恐、貧窘，戰戰兢兢又張皇失措。妳小的時候，我們連整把兒的香蕉都沒買過……

蒙上蒼恩，妳總算健康長大了，還成了一個孝順的孩子。人在異國，上學打工，當妳打工的第一個月，掙了一千多歐，竟用近一千元，給媽媽買了那麼好的大衣。媽媽，就再一次難過淚流而不安了。

我忍不住想，就從現在寫起吧，想到哪，寫到哪兒。時間上沒有順序，也沒什麼必須。這本書，就是送給妳的，送給天下，像妳這樣的孩子。

人間缺憾，上蒼有恩。

世俗蒙塵，上主榮寵。

一　上帝的禮物

比起妳，媽媽還算幸運，我有父親。雖然我的父親一生都很威嚴，抿著嘴角，板著臉，但他終究是撐起門戶、讓孩子們在夜晚安心的父親。十幾年前，和北京的一個女友在電話裡聊天，關於男人。她的丈夫是個外交官，長年在各個國家駐守。她說雖然他不在家，家裡所有的家務，包括撫養孩子，都是她一個人，但是，心理是不一樣的，有就是有，沒有就是沒有。她打比方說：即使男人是個當兵的，遠在天邊，可家裡有了事，女人拿起電話，還是有求救的人、可以支撐的人。丈夫雖遠，可那份心理支撐，是不一樣的。

現在回想，這個女友是一個多麼善良、體恤的人。

記得有一次，家裡衛生間的水管壞了，打電話讓小廣告上的人來修，他們修時關著門，然後出來要錢，要錢後走掉。當媽媽打開門，滿地的汙濁，他們並沒修好，還弄髒了墩布。那時媽媽年輕，竟幼稚地再打電話，電話裡質問人家，為什麼這樣，同時，利用自己的一點文化，刻薄地指責他們。那民工當時就在電話裡大罵起來，還揚言，一會兒來算帳。

那時已是晚上，吃過晚飯後的時間。寫作業的妳，一定是聽到了媽媽的電話，一有動靜，就看媽媽的臉，色厲內荏的媽媽，並沒什麼真正的強悍，我們交換眼神，什麼也不說。沒一會兒，真有人來敲門了——不是敲，是砸，踢兩腳，砸一下。

老式的鐵皮門下面有縫隙，我們都能看到外面人的腳，和腿，我們不敢吭聲，那時也沒有報警電話，我們就是斂著氣，息著聲，像家裡沒有人一樣。那人很暴怒，踢兩腳，三腳，四腳，再狠踹，踹完，也終是沒走。

裡外都靜默著，他也許能看見屋裡的燈光。又是兩腳。

再站一會兒，沒意思，走了。

我們都吁了一口氣。可是，不大一會兒，又有人敲門，問：「誰？」不吭聲。這一次敲，沒有踹，也沒有踢，以為是認識的。爹著膽子再問：「誰？」外面還是不吭。媽媽想向前走，妳的眼神制止了媽媽。我們都不動，互相看著。等了一會兒，那個腳步聲又下樓了……

在此後的歲月裡，敲門聲，莫名的敲門，成了我們共同的噩夢——還有延伸、演繹。比如妳有一次告訴媽媽，妳夢到外面有人敲門，不但敲，還強行拉開。外面的拉，裡面咱們在使勁拽。我們拽不過，險些被拉開——妳說妳心都嚇疼了。孩子，這樣的夢，媽媽也做過很多次，同樣是嚇疼，同樣是嚇醒……

曾經的日子，確實太難太難了。妳才六歲，就能去菜市場買饅頭。有一次，媽媽切菜切出了蟲子，那種軟蟲，嚇掉了刀。妳知道媽媽是多麼害怕這些東西，小小的妳，衝進來，告訴我沒事，妳來解決蟲子的問題。我也奇怪，媽媽生出的妳，有些地方，並不像媽媽——妳不怕貓，不怕狗，有時咱們下樓乘涼，倘若咱娘倆當晚關係愉快，鄰居的狗來了，妳就主動幫我攆，隔著媽媽讓媽媽在裡側回家。如果妳生了我的氣，比如，我沒捨得錢給妳買冰糕、汽水，一晚上，妳都走得若無其事，任憑貓狗躥來躥去……。那麼一個小豆子般的妳，就知道跟我鬥智鬥勇了。這些媽媽如今想來，都是溫暖，回憶，還充滿了慚愧和感激。

妳讀書、工作，再留學、打工。這兩年來，妳真正地成為大人了，遠隔，使妳的心離媽媽更近。妳給媽媽買小蜜蜂一般可愛的小卡子，藍瑩瑩的眼藥水，滴眼後睜開，竟然有藍瓦瓦、明眸皓齒的效果。知道媽媽愛打球，一家家店鋪挑來比去的運動裝。不是媽媽崇洋，同樣的運動裝，人家歐洲人做的，透氣的後背、護腰的軟簾、方便的各個小側兜，還不說人家的選材、品質，價錢又比國內便宜……。小時候咱們家買不起巧克力，如今，妳給媽媽買最好的。小時候妳沒有零食，零花錢也不多，現在，妳給媽媽買回好多好吃的、好玩的、好穿的。還有，過年、過生日，妳總是給媽媽發紅包、訂蛋糕……。孩子，妳比媽媽還像媽媽，和妳比，媽媽都不配做母親。因為愛文學，要寫作，我給妳的愛，真是太少太少……

化妝品，此前媽媽也是一直不碰的，過敏，搽什麼都不比不搽好。春天，回來前夕，妳給媽媽選臉霜、口紅、眉筆，為了讓我對比顏色，妳在人家櫃檯前，讓服務員把妳的兩隻眉毛化得一紅一黑，粗粗的，像蠟筆小新。視頻裡，問媽媽哪樣好，要哪樣？那一刻，媽媽看著妳小花貓一樣的小臉，真的忍不住地熱淚。我的孩子，為了媽媽，妳真是做得太多，什麼都肯做，什麼都不嫌，都不懼。這讓媽媽情何以堪。

這兩年，可能媽媽老了，突然對宗教，有了需要。陸續地讀了一些書。相信這世間是有神有上帝的。不然，人世間那麼多神奇、巧遇，又如何解釋？讓善良得好報，讓美好恆久遠，給弱者以信心，讓無望有希望……。妳是上蒼那隻神奇的大手賜給媽媽最重要的禮物，可是當年太年輕還不懂，還愚頑地抱怨。其實放遠了看，拉開一點時間，這世界又是多麼均衡、多麼公平的世界啊。媽媽沒有給妳深廣的父愛，可是上帝卻賦予了妳那麼多美好的品質、強健的身體、堅強的內心、有毅力的學習自律能力。多少孩子打電腦、玩遊戲，渾噩度日，而妳，一直勤勉努力、上進自尊，還有一顆善良乾淨的心……。這些，不是花多少錢都買不到的嗎？所以，老天待咱們不薄，妳健康平安地長大，又有了幸福的婚姻，這既是對妳的補償，也是對媽媽的恩典和賜福。

我感謝祂們。

二　媽媽想當中國的門羅

開會的時候，手中有一支筆，能在紙上寫寫畫畫，就舒服。喧鬧了一天，回到家，回到一個人的世界，看一本喜歡的書，就覺得極其自在。現在，媽媽又多了一樣享受：技癢了，在宣紙上來一通，腦子裡什麼也不想，又可以什麼都想，了無罣礙，一身輕鬆，宣紙上潑墨的消遣快樂。倘若生活再奢侈一點，美好一點，哪裡突然冒出個乒乓球技術比我好的人，肯陪我打上一小時、兩小時，一百板、兩百板，那一天的樂趣，就覺得人生真的不要絕望，真的挺有活頭兒。

妳堂姐說，媽媽天生就應該生在深宅大院，生在大地主家，生在一切無憂無慮的家庭，過飯來張口、衣來伸手的日子。然後每天沉醉、醉心於藝術。

我說那得下輩子。

家裡的親戚都知道媽媽的缺點，也知道我的趣味點——怵頭人際關係，把一切開會、人多、鬧哄哄都視為洪水，躲著。也害怕你來我往，不怎麼逛商場，倘不是必須，一切應酬都儘量避開。家人年節的聚會，一大家人吃飯可能要吃幾個小時，甚至一天，媽媽這時候的表現就很不近人情。怕浪費時間，怕空耗生命。我的世界誰也別來打攪，是最照顧我。媽媽像智障一樣沉醉在自己的世界，過一個人的、逼仄又遼闊的精神生活。

可是，可是，是妳想怎樣就能怎麼樣的嗎？一樁樁，一件件，哪一樁躲得過？哪一件繞得開？妳小時候，媽媽再不喜下廚，一日三餐，也總得完成；再不愛勞作，妳的衣服、家裡的衛生，也得搞吧；還要上班，還要掙錢，還要給妳準備中學、大學的費用。就是咱家的遷居、裝修、房漏，這些麻煩，也都要媽媽去頂，去扛，去耗費精力，包括寶貴的時間。為什麼至今也不能完成計畫實現理想？皆因時間，時間啊，專心致志的時間實在是太少太少！

記得第一個長篇，寫作於妳小學的四年級。二十萬字，計畫每天兩千，那時還是手寫。每天兩千，一個月六萬，大概需要三個多月時間。題綱寫完了很久，內容遲遲沒有動筆，我跟一個姐姐說，時間不夠，精力不夠，每天都像要累斷氣了一樣。她建議把妳送到一個奶奶家，住宿，一週一接，這樣時間就從容點。然後，她真的幫忙聯繫了一個曾經的老鄰居，老太太愉快地接受了這件事，媽媽付掉三分之二的工資。第一個月，一想到妳還在別人家，媽媽就不允許自己鬆懈，不允許自己有一點點的惰性，即使很疲憊，上班回來是處於暈眩的狀態，也坐到電腦前，咬著牙把任務寫完。

這樣，第一個月不但完成了計畫，還有一點點超額。接下來，那天是個星期五，妳想家了，還生病了，媽媽把妳接回來，每次生病，媽媽給妳治療的辦法，就是傳承於妳的姥姥：儘量少給孩子吃藥，只要好好地看著她，照顧她，一兩個晚上，她睡好了，病就沒了。

妳就是這樣一次次化險為夷。每年的秋天，冷熱交替，妳會有一點感冒。我並不慌張，測了溫度，再用熱水洗乾淨妳的小花臉，穿上舒適的衣服，躺下來，蓋好被。我如常地去熬技高一籌的小米粥，新熬的小米粥很香，乾稀合適，還煮上兩個雞蛋。對付胃腸感冒，這個辦法最奏效了。哄著妳吃下去，冒點汗，也喝上一杯糖水。這個可笑的土辦法，當然也是承襲家傳。每次都是這樣，就這麼簡單，喝上小米粥，睡一覺，妳的病就好了。這一次，當我給妳收拾停當，準備讓妳躺下，妳卻抬起小臉定定地看著我，問：「媽媽，妳什麼時候能寫完啊？我不想去那個奶奶家了。」

真是萬箭穿心，媽媽那個疼啊，心裡那個難受啊。看著妳的小臉、眼神，我真真體味了什麼叫肝腸寸斷。媽媽說：「好，不去就不去，媽媽先不寫了。」

怕被再送出去，妳的表現，比從前更乖。妳儘量地不打擾媽媽，儘量地自己寫作業。當我給妳洗澡時，妳知道媽媽累，後背疼，還趕緊用兩隻小拳頭，在我的後背上搗……。我也問過自己：妳為什麼要這樣生活？非寫不可嗎？還是有誰請妳寫？不寫能死？

為什麼要這樣生活？不知道。不這樣生活還能怎樣生活？也不知道。沒有人請我寫，是我自己願意寫。它跟職業無關，甚至跟飯碗都沒什麼關係，也看不出未來有什麼關係。每天讀書、寫作，這是我自己的需要。不寫，能不能死，我不知道。但是寫著，好好地寫出一篇自己想寫的東西，完成的那一刻，我才能覺得是在活著，活得有點意思。在這個問題上，媽媽有點自私。

姥姥活著時，媽媽就說過自己的理想，那時說得很囁嚅，因為我不知道能不能實現。現在，那份理想依然遙遠，但它像不滅的星光一樣，照亮吸引著我。關於寫作，妳長大後，給媽媽提過羅琳，讓媽媽別灰心。為了理想，媽媽一生很對不起兩個人，一個是妳，一個是姥姥。妳跟著媽媽的日子裡基本沒享過什麼福。姥姥，媽媽的媽媽，辛苦把媽媽養育大，她早逝，也沒得到媽媽的什麼濟、愛。在我一個人時，安靜的夜裡，聽包娜娜的那首歌，「歲月朦朧的星辰，阻擋不了我行程……，為了理想我寧願忍受寂寞，飲盡那份孤獨。三百六十五里路呀，越過春夏秋冬；三百六十五里路呀，從少年到白頭……」，這首歌兒像是專門為我寫的。

身邊也有朋友勸，為什麼要苦行僧般地生活？好好享受，悠哉度日，地球不也轉著呢嗎？說得有道理，度一日少兩晌，混吃等死，什麼都如常，沒有人苛責。況且大多數，也都是這樣過著的。可是，可是，媽媽有理想啊，媽媽的理想還沒有實現吶，地上、牆上有一堆的書等著看，電腦裡一部長篇待寫，還有那麼多的未知，等著求索，弄通。學習，探尋，這是生命成長中多有意思的事兒。

成長伴著痛苦、夢想和驕傲同行，不枉一生。

當然，我也要在時間中擠時間，夢想中回到現實、塵埃，儘量讓生活從容，好好地把妳養大。長出多一條臂膀，安排好妳生活的同時，還是追尋夢想。

那妳要幹什麼呢？

好好地寫作，像那個七十多歲，還在夢想路上的老太太，門羅。

門羅是誰？中國人嗎？

呵，不說了，說出來被人恥笑。

三　關於愛情

媽媽此生不幸，無論是年輕時，還是人到中年，都沒經歷過愛情，不知道愛情是個什麼。

我像一個木頭人。

鑑於此，在妳成長的過程中，我一直暗暗發誓，要保護好妳的愛情，讓妳情感的土壤，自然，肥沃，沒有風沙。因為，媽媽能給妳的太少了，沒有江山，沒有權柄，也沒有什麼財富。唯一可給的，是健康，健康的心靈、情感，及體魄。爭取在妳青春韶華時，就相遇、體味，摯真美好的人間愛情。

我還想，相遇過，體驗過，即使這段感情沒有走進婚姻，那美好的記憶，也會伴著妳未來的時日，留下一段溫暖。妳會記住這份人間美好。

這個，媽媽還真做到了。妳認識了小Z，從初中，到高中，到大學，他是一個情感純淨的孩子，有一顆智慧的頭腦、健康的心。這真是上帝賜福，他的出現、陪伴，從初中到高中到大學，那些青春的時光，相伴的記憶，直至出國留學，一起走進婚姻，這一段相互扶持、踏實的日子，是上蒼，對妳孤寂童年的補付吧。媽媽真的感到極大安慰，也感謝上帝賜福。

在我們這個國度，因為文化的原因，也因為幾千年的貧窮吧，騙婚、耍婚、拿婚姻當買賣、因婚姻而不幸的人，特別多，男女都有。沒有愛情，一點都不耽誤結婚。女人初婚如若不幸，再想幸福，一生都很難。這也是中國特有的。

有一個女同學，上大學時，嬌小玲瓏，人品、性格，都好。可是婚後，沒過上兩年，那個男人就不像人了，每天，用咱們老家話說，叫輸耍不成人。沒工作了，下崗了，就完全放挺兒，整日與撲克、麻將為伴。輸了，逼妻子拿錢。

我女同學她的崗位是會計，工作單位也不錯。那男人揚言，如果她不給，不給他錢，他就去單位告她，告她貪汙，告她……，總之，讓她坐大牢。

這個女同學，上班，養兒子，還得養這個男人。男人愈加地遊手好閒，有一次，晚上，她說她正在小板凳上洗腳，那男人回來了，又是要錢。她斥責他，可能惱羞吧，他竟突然一掌，狠狠地把她拍趴到地上，當時就吐血了。這個女同學，前幾年見面時，她瘦得不到八十斤，沒有了當初的模樣。上大學時那個千嬌百媚的女孩，那個人見人喜的漂亮姑娘，因為長期抑鬱，她免疫力下降，臉上、身上，都是斑駁的印痕。她說這是久治不癒的神經性皮炎。

媽媽想說的是，女人這一生，嫁了個壞男人，這輩子基本就完了。封建時代，男女要在結婚的當晚，才知對方模樣。那時候，錯了也就錯了，也只能將錯就錯。現在不同了，男女能見面，婚姻也基本自由。那為什麼，女人還屢屢嫁錯呢？痛悔自己瞎了眼，豬油蒙心，都是不管用的，更正不了人生這巨大的錯誤。比如那個女同學的丈夫，婚前看著也老實，還不抽煙，看著很正派。到她們家，也不多言語，還勤懇地幹活。她的母親，也是拿他當好人把女兒嫁出去的呀。可為什麼，結了婚，一年多，他因為下崗，無工作，就破罐破摔，繼而，還打人，惡習，都上來了呢？這是誰的原因，誰的錯誤？

我也不知道，知道了也不敢說。反正，這樣的婚姻數見不鮮。

我觀察，在我們國家，婚姻問題方面，如果是女方婚前偽裝、欺騙，婚後，即使她生了一堆孩子，生了多少兒子，男人，也會毫不猶豫地將她離掉，「七出」。可是如果是男人欺騙呢，男人婚後現出賴皮相，這時候，女人的一生，就開始像噩夢一樣，悲情電視連續劇一樣，一集一集，有沒有觀眾，不論多蹩腳，都在往下演——開始時，女人是將就，一次次抱幻想。繼而，給自己找理由，他好歹是孩子的爹。再往後，惰情心，能湊合就湊合吧，出一家、進一家不容易。這時候，男人在家裡基本就是擺設、廢物，女人進入了閉環。

是在這些無奈中，女人成了女漢子、孫二娘，或傻呆的祥林嫂。有一陣，還叫過女強人什麼的——看似誇獎，實在不是什麼好詞兒。慢慢地，時間長了，女人都不像女人了。

二十年前，內心深深欽敬一個叫李昌鈺的男人，有一個他的紀錄片，高高的個子，一臉的職業專注，一臉的肅穆。他幼年隨母親遷臺灣，後留學美國，參加過甘迺迪刺殺案、九一一等案件偵破，凡是國際上重大疑難案，都要請他到場。這個人一生的精力、智慧，都傾注在了他的專業領域，因而取得了巨大成就。這樣一個終生都孜孜不倦、心無旁鶩的人，妳讓他去扯、去混、去胡來，他有那個時間嗎？他創造的巨大財富，福妻蔭子，惠及家人。那時媽媽就想，妳就應該嫁一個這樣的男人。同時也黯然，他的母親，他的妻子、孩子，都是幾世修啊。

所以，媽媽一直希望，妳找的人應該是有專業且熱愛本職的男生，即使他貧窮，如果他肯在自己的專業上下功夫，未來，都不會太差。這樣的男人一般都是年輕時候是個正經的小夥子，婚後是個正派的父親，年老時，亦是一個人見人喜的帥老頭兒。女人這樣的一生，想不幸福都難啊。

當然，不能光幻想別人，自己也要足夠地優秀。擁千金者值千金。媽媽期望妳未來的職業和心中的興趣正相吻合，興趣是妳的飯碗，那妳會非常幸福快樂的，苦中有樂，特別充實。倘若不是，也沒關係，更多的人都沒有這個好運，那就先在職業中自立，自食其力，然後，好好發展自己的事業。珍惜時間，人生的每一步，都是在珍惜中前進的。拒渾噩，遠平庸，不苟活——媽媽願妳做一個踏實、正直、有趣味的人。

四　想妳的時候

若干年前，看過龍應台的一篇文章，裡面寫到她和她的兩個兒子，他們坐在草地上，她在哄他們玩兒。牛仔褲上，盡是兒子的口水和鼻涕，衣服角也皺巴。旁邊的女人問她是日本人？韓國人？當然都不是。龍應台那篇文章描繪的更多場景我有些記不清了，但一個帶孩子的母親所呈現的那種狀態，有小孩子在身邊，一個母親的煙火狼狽，我感同身受，記憶猶新。

在妳小時候，特別是我們艱難的時候，曾設想：如果，如果我不用養孩子，我的生活也會流淌出詩意；如果不是獨自養家，獨自養大幼兒，我的生活也許不這麼累，日子，也些許會有浪漫。同樣，衣服不會這麼皺巴，臉色也不會這麼憔悴。尤其是花錢上，不會這樣摳摳索索，捨不得錯花每一分錢。因為我們沒錢。一個人掙錢，養著一個家，一個孩子，還有房子，真的是很難。在我的身邊，就有一個鮮明的例子，她也是單身，離婚時，男人願意獨自養孩子，且不要她的撫養費。兒子賈寶玉一樣可愛，又是獨苗，他們都爭奪。男人最後開出的條件是：誰要孩子，誰就獨自承擔。另一方，無責。這個女人順水推舟，就過起了她優渥的單身生活。

她的工作是體制內，很肥。年齡上，她還比媽媽大好幾歲，可是每次見，她光鮮的容顏和時尚的裙裝都讓她顯得非常年輕。她的身上，永遠沒有小孩子的鼻涕和口水，而是一種，在那個時代沒幾個人搽得起的高級香水兒。她隔一段，想孩子了，就去看一下，然後，把兒子帶出來，好吃好喝一頓，公園裡好好玩一天。吃喝玩樂，盡情地耍，母愛也盡了，歉疚也補了，孩子也親了，雙方圓滿。漂亮的母親，開心的孩子，雙贏。

而且，很多的時候，這個孩子會感謝她的母親，念念不忘的是未撫養他的那個人。而每天養他長大，柴米油鹽又管教又吼他的爸爸，成了壞人。養孩子的一方，因為辛勞、勞苦，狀態應該很煩人。倒是無事的媽媽，悠閒、漂亮又可愛。

這樣的情景比比皆是，這樣的心理，不知妳有沒有過，估計是有。只是媽媽更加抱歉，仨月半年，三年五載，應該來看看妳的人，都沒出現過。這樣，妳和媽媽的漫長歲月，就顯得更漫長了。

人生苦短，是不幸讓其漫長。

妳有了委屈，向誰訴說呢？

其實，媽媽也委屈，也難過。才只有二十多歲的媽媽，每天要上班，要開那冗長的會，還要去看那並不想看的「晚場」。那都是工作，那都是飯碗。有時妳放學回來，站到社區門口，小樹一樣站在花池沿上等媽媽。當媽媽騎著破自行車，蹬飛火輪般趕回來，看到冷風中站著的妳，心裡那個難受啊，真是心如刀絞。

或者，妳回到了家，站在陽臺的玻璃上，擠扁了小臉，眼巴巴地看著馬路，窗前等媽媽——那一幕，我也是萬箭穿心。不能時時照顧孩子、陪伴孩子，讓孩子一個人孤零地站著、等，這番景象，人間殘酷。

妳也有不聽話、男孩子一樣淘的時候。嫌作業多，趁媽媽不在把作業本扔在垃圾紙盒裡點燃——我的垃圾箱，是一個小紙盒箱——我不敢想，如果整箱紙盒騰起大火，妳又是一個人在家——那樣的後果，我至今想起來，呼吸都疼。

還有，妳騎坐到窗子上，咱們那種老房子，沒有陽臺，不足一尺寬的水泥窗臺，窗子是木框的，木框糟朽不堪，一次大雨，就把窗框颳開了，我去堵槍眼一樣雙手拉住它，誰知，外面風大，我也拚死了力氣，兩股勁，那窗子竟然掉了下來——這麼不結實的窗子，妳敢坐上……。當媽媽回來的時候，看見妳，那樣騎著，妳能想像，我的心臟是怎樣的疼嗎，一下都嚇得不跳，驟停了。

所以，養一個孩子長大，可不只是鼻涕、口水，也不是拚命掙錢，還有一些更要人命的。熬心，精神和情感的熬累。那時候如果哪天能睡一個踏實的覺，睡一大覺，醒來，世界還沒事兒，家裡安好，就是幸福的日子。

所以我每一天，都在盼著妳長大。以為妳長大了，我就好了。然後，妳就長大了，真的長大了。妳長大，去外地上學，原來以為的，妳長大了，我起碼，不用那麼操心了。結果呢，兒行千里，母擔憂啊。妳的學習、生活、與男同學戀愛……。那一年媽媽請下假，跑去捉拿妳，現場教育，說了那麼多，衝妳發火……。幾天過去，後來，媽媽要走時，在海邊，我們踩著腳下的細沙，一個高大的叔叔幫助了我們，他開著車，一直在岸上等，讓我們不用著急，盡情地玩。那一刻，妳突然說：「媽媽，我懂了，不會糊裡糊塗，把自己的未來交給一個沒有信心的人。要找個好人，像那個叔叔那樣，有能力，有擔當……」

一場危機，化解。再後來，妳畢業、工作，吃苦耐勞，很快鍛鍊成一個嚴謹、有心的孩子。有些什麼小風浪，從不跟媽媽說，是怕媽媽擔心。

這讓媽媽更加揪心。

這個世界，說小也小，說大也大。如今，妳都去了歐洲。世界之外的世界，人生之外的人生。女兒，妳就走走看看吧，讀萬卷書，行萬里路，實在不是壞事。分離的日子，媽媽曾盼望，盼望妳長大，我不用操心的日子，真的來了，我怎麼突然，那麼難過，恍悟這並不是我想要的生活，不幸福。而有孩子的日子，是多麼踏實、煙火，多麼充實有力的人生啊。

我也覺得孤單。

曾跟妳開玩笑，說媽媽想再要一個孩子。現在只有妳一個，實在太少了。妳說不行，弟弟妹妹都不行，如果能生，給妳生一個大哥哥，妳也需要大哥，需要大哥的愛護、保護。妳說妳不缺小弟小妹崽兒。

然後我像那個蹩腳的電視劇臺詞：臣妾做不到啊！

咱們都需要愛，缺少愛，都對愛那麼如飢似渴。孩子，隨著妳的越來越遠，妳不知道，媽媽是怎樣錐心曾經的生活，意識到有妳的日子的可貴。可是，人生就是這樣吧，年輕時，都不懂得珍惜。

妳在時，雖然累、難，但從不知孤獨，更沒有孤零感。疲於奔命，也活得有奔頭兒，要供妳長大呢，要讓妳讀書呢，要讓妳有好的未來呢。現在，妳終於展翅高飛了，我們相距萬里。

那時，每天的時間都不夠用，從早到晚忙。現在，依然是忙，時間依然不夠用。庸碌無效的工作，是飯碗，跟文學無關，也跟夢想無緣。但我要每天應對。「人生多錯迕，與君永相望。」……這兩句詞原是表達愛情的，我寫在這裡，用以表達夢想和人生吧。

一個人時，靜下來時，當我寫作累了，看看書櫃，看看妳幼小、青春時的照片，我就會想妳，想妳在家的朝朝暮暮，想我們一起走過的歡欣悲傷。我曾在心底問自己：如果有來生，妳願意怎麼樣？

我想，倘有來生，我願意我們依然是母女，我要給妳當個好媽媽，彌補曾經的缺憾、缺失。我想和我的母親，換個個兒，給她當媽媽，補付她對我付出的辛勞。然後，在文學和妳之間，我選擇妳，選擇全部的精力，哪管窮到要飯，也一心一意，養妳，讓妳快樂，給妳寬容，給妳，人間最美好、最溫暖的感情。

然後，在我母親面前，我依然要追尋光榮與夢想，並學有所成。讓她為我驕傲，為我寬慰，因為我，而自豪，開心……。哈，媽媽陷入了二律背反哈。

席慕蓉有一首詩，可能是歌頌愛情的，媽媽寫在這裡，是送給妳：

我可以鎖住我的筆，為什麼
鎖不住愛和憂傷？
在長長的一生裡，歡樂總是乍現就凋零，

而走得最急的，
都是，最美的時光！

上｜和童年時的女兒在家裡合影。
下｜與女兒冰塊兒在北京798。

第二單元

平原的風

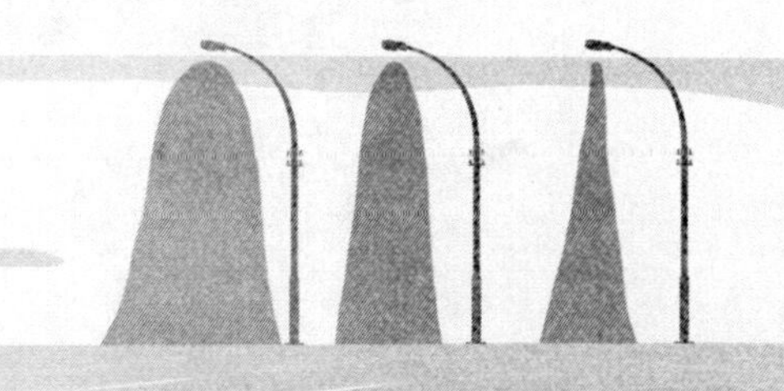

老門衛

二十年前我初到這家單位的時候，寬敞的院落，總能看到在大門口，有一對五十多歲的老夫婦，男的戴著老花鏡，在一筆一劃寫字。他趴的是那種小方桌，很古老的、農村人吃飯時放到炕上或地下的那種小矮桌。女人呢，圪蹴在一角，她也戴著老花鏡，她在畫畫——是那種廉價的黃草紙，她畫牡丹啊，蘭草啊，還有小貓、小狗什麼的。他們的共同特徵，是都戴著一個殘腿的老花鏡——五塊錢一副的老花鏡，鏡腿掉了，他們捨不得換，用繩索代替。

後來聽編輯部的老主編告訴我，他們是一對後到一起的半路夫妻。男的從華北平原農村來，曾是鄉村小學教師，有文化。女人呢，四川的，不知是什麼親戚介紹，他們走到了一起。有時，在他們的桌旁，還有一個玩耍的孩子，三四歲，弄不清是男方的孫子，還是女人帶來的。他們邊看顧孩子，邊寫字畫畫，還邊幹了工作——這時候我才知道，他們一家就住在門衛房的裡間，男人白天收發，晚上看大門，一崗多職。大家都叫他章師傅。

章師傅的工作作風，深刻體現了一個當過教師人的人文素養，他把報紙報刊、急件、普件，歸置得井井有條。外面來人，他一律好待，一視同仁，從不吆三喝四。我們是兩個單位共用一棟辦公樓，另一西門的收發室，是幾個門衛輪換值班，他們給領導送報送刊，堆上近乎諂媚的笑。而普通人來拿報紙，他們基本眼皮不抬，有時外面來人，因為不耐煩，還經常發生吵架。和那些人相比，我們珍惜敬重章師傅的人品。

春天裡，能看到他們一家人寫字畫畫，秋天裡，還是一幅書畫和鳴圖。雖然章師傅的胳膊袖子是破的，畫畫的女人穿著明顯不是自己衣服的肥大毛衣（後來知道，那是老主編送給她的，老主編是個愛美又有愛心的老太太，聽她講，自從四川這個女人來到章師傅這兒，她把家裡不用的衣服、日常生活用品，都經常接濟給她們），那個小孩也衣衫不整，但是我非常羨慕他們。那是一幅多麼幸福和諧的家庭快樂美滿圖啊。那時候，我帶著女兒生活，單親家庭，工作壓力、掙錢壓力，還因為愛好文學，時間和精力總打架，每天上班都像上戰場。好累好疲憊。有時看著章師傅的一家，我黯然地想：等我老時，會有這樣一幅圖景嗎？

讓我沒想到的是，不過三四年，突然有一天，在那個小飯桌旁，沒有了畫畫的女人，也沒有了那個玩耍的小孩兒。剩下的章師傅一個人，他依然寫字、練字，只是背佝了，肩瘦了，整個人，也矮了一圈。他吃飯的小飯桌上，一碗白水，一個饅頭，一碟鹹菜。

聽老主編說，四川女人走了，她嫌章師傅的日子太過節儉。根本原因，她覺得平原的男人太「摳」。「摳」即是過度省錢的意思。可不是，回想記憶中，他們的飯桌上，永遠是米飯鹹菜、饅頭鹹菜，或者，粥鹹菜。章師傅每月的工資，不到二百塊，不到二百元的工資，你能讓他花錢如流水嗎？

曠大的院落門口，剩了章師傅一個人。以他的經濟條件，再續上老伴很難。章師傅還是經常趴在那裡寫字，但眼睛，深陷了許多。每天抱著報紙疾走的腳步，也越來越緩。夏天，飯桌的鹹菜旁邊，經常多一碗紅燒肉，那是老主編給他送來的。冬天，章師傅單薄的秋衣裡，也常有厚衣加上，那也是老主編把她丈夫不穿的棉襖、絨衣，拿來送給他。就連章師傅練字用的紙，也是老主編讓我，從編輯部節省過來。章師傅的生活，多半是老主編幫助。

沒過兩年，老主編也退休了，並且，老主編的身體，不再似從前那麼硬朗。照顧章師傅的生活，不知不覺，轉到了我的身上。我每從外面吃飯回來，必把多餘的飯菜，打上包，拎回路過的門衛房，交給章師傅，讓他改善改善。章師傅人好，他說：「我吃什麼都不嫌。」這樣，家裡吃不完的米麵油、零食糕點，我隔一段，就給他拿上一份。有時外省朋友寄來什麼東西，我一般都當場打開，如果是吃的，必給他留一半。時間久了，章師傅看我的目光，就像看親閨女。

沒有血緣，卻有如親人。再從門衛房走過，取了報紙不是匆匆地走，而總是要停下來，嘮嘮家常。章師傅關心我在外地上大學的女兒，到了二年級、三年級，及至畢業，每一年什麼情況、適不適應，他都關切。到孩子工作那年，有一次我順嘴說了她的不安心，想回家，章師傅當即給我舉了一個堅持的例子——他們老家一個親戚的女孩，受訓時很苦，很多孩子堅持不下來都跑了，唯有她，再苦再累也一直咬牙。待到最後，她被北京的一家部隊醫院留下了，有了一份非常好的工作。現在，不但工作問題解決了，還找了一個好對象，成家了。你說那前途該是多光明——章師傅讓我一定轉達給女兒，好好堅持，才有出息。

父親病重那幾年，章師傅經常幫我淘換偏方，每每走到門衛房，他都叮囑我對父親這樣、再試試那樣，問父親好點沒有。同時勸我別太累了，自己累倒了，就無法照顧老人了⋯⋯。隨著時間，我真的發現，在這一年一年的歲月中，章師傅，他已經成了我們家一個沒有血緣的親人了。

去年春節，單位發了一些年貨，女兒來幫我一起往家拿。我們先去了老主編家，老主編腿腳不好，已經一個冬天沒有下樓了。我們給老主編撂了幾樣年貨，還給她放了一點錢。老主編推辭不要，說讓我去關照章師傅。我說：「正好，一會兒我們就要去看他呢。」老主編眼湧淚花，說這樣她就高興，非常高興。

我們又去了收發室，快過年了，單位已經沒有什麼人。推開章師傅的門，他看著我們送來的米麵和油，沒說客氣話，就是喜悅地看著我們。我知道，那眼裡，滿滿的都是愛、溫暖。當女兒遞給他過年的一點錢，說「章爺爺，這錢是我媽讓你買一點自己喜歡吃的東西」時——章師傅也像老主編一樣，淚花翻湧，他說：「孩子，我一個孤老頭兒，什麼用都沒有，可妳媽媽，卻一直照顧我……唉，唉。」

回來的路上，女兒問我：「章爺爺自己有女兒嗎？我們為什麼這樣？」她一定是對孝敬一個沒有血緣的老人有疑惑。我告訴她，章爺爺有女兒，但在農村，照顧不到他。農村貧困，那女兒自身難保。章爺爺春節不回家，一個人在這裡很可憐。《朱子家訓》說：「善欲人見，不是真善；惡恐人知，便是大惡。」我無意顯善，只是覺得這樣做心裡踏實、好受。同時，我也還有一點小私心：給孩子做個善的榜樣。身教重於言教，皇帝留給子孫的是江山，權貴傳給後代的是財富，而我，能給女兒的，就是好的品行，和一顆善良的心了。如果這粒種子在女兒的心裡也生根，發芽，開花，結果，那麼她的未來，未來人生，能不祥和、高尚嗎？

這世間，只有愛，能拯救愛。

愛，是最讓人踏實的感情。

開車記

二十年前，目力所及，到處都是卡車，解放牌、141——這幾種車的準確名稱，以及它們的區別，我並不確知，只是覺得它們很高，很大，很能裝東西，也很危險。開起來轟轟轟，開車的人很神氣。在我們老家，能當上司機，是一個了不起的職業，汽車隊長的兒子細弱、蒼白，成人年紀少年樣的身材，他爹讓他開上了141——每當看到小小的他坐在高高的駕駛室，那車與人的比例，總不由讓人聯想到架鳥人肩上的那隻鳥兒。

後來，大街上轎車多了，從公用，到私家，馬路上不再是大卡獨秀。那低低的小轎車開起來，嗖嗖嗖，子彈一樣快，讓人望而生畏。那時我想，我會終生都不碰這個東西的，因為它們是鐵器，堅硬、冰冷，而且，那份跑起來的速度，我認為它們屬於高科技，其難度不亞於火車、飛機，和飛船。太難，太險，太不好駕馭，它應該像香煙、烈酒一樣是專屬於男人的，女人，莫碰。

對車開始動心，緣於二〇〇七年冬天在北京上學，見到好幾位瘦瘦弱弱的女作家，小小的人兒，開著高高的大吉普——當時以為她們年輕，愛扮酷，按我這個不懂車人的理解，小人兒，應該開小車，小車好開。而高大威猛的，應該是更危險。那時經常有編輯作家的聚會，見識了更多的女同行，徐坤開著一輛白車，周曉楓是小巧的「飛渡」……，看著越來越多的女司機，好奇：女作家們敲鍵盤的手，也能擺弄方向盤了？弊利怎樣？然後，直到有一天，見到了程青。

那一天狂風大作，鋪天蓋地的沙塵，即使坐地鐵，在擁來擠去、上下換乘中，每一個人，也都是破馬張飛的。側身其中的我，之前是刻意、愛惜地打扮過的，一身牛仔，包頭紗巾。可是出了地鐵口，進入商場的幾十步路中，又被颳得東倒西歪。牙齒間，都是沙子。到了酒店的電梯前，一片開闊，正想電鍍門上瞧瞧自己，照一下，恍然驚住：陌上人如玉，小姐世無雙——程青，程青正款款地站在後面。她像是從溫室裡走來，根本沒經歷過戶外——頭髮直直爽爽，一絲不亂；淺綠的麻褲配卡腰小西裝，萬般典雅；腳下是恰到好處的小跟鞋。這麼大的風天，是什麼讓她保有這般完美的形象？汽車，她是開車來的。

汽車對女人真好哇，它像一間小房子，穩穩地，乾淨地，把女人送到了她想去的地方。對潔淨有近乎病態需求的我，一下子就喜歡上了汽車！

恰在這時，回河北開會，遇作家何玉茹。她也早已會開車了？這給了我更大的鼓勵——玉茹姐穩重、端莊，在我眼裡她除了寫小說，跟鐵器、運動是不大沾邊兒的。她屬於典型的溫婉女性，現在，她都能把汽車開得這麼好，這汽車，即便算「科技」，也是女人可以學的「科技」吧？它也許不比盲敲鍵盤、構思小說更難。

交費，報名，千里迢迢去駕校。理論是自學，上實踐課時，那個老教練可能嫌我笨，愛搭不理地歪著脖子，一隻胳膊耷拉到窗外，根本不看、不管，由著我把車開成了蝸牛。每次回家的路上，都堵心：學這麼個破車，受老氣了。

理論考試那天，機考，一百分一百題，一題一分，答完時看著機屏上閃出的一百分，我自己都愣住了：我竟能得一百分？我怎麼一道題都沒錯？要知道，其中的很多問答，我並不懂，也沒有完全理解啊。

實踐考時，也算有驚無險。先是倒樁，過了。側方停車，順利。到了坡起、壓鐵餅走S線、單邊橋，雖然不是那麼完美，但那天的考官人美心靈也不醜，他拿著本子慈祥地給我簽了字。到最後一項，上路，一車裡裝著四個學員，走完一個四方形的路口即為考完，一人一條直線，這是最簡單不過的考試了，民間說給狗拴個餅子牠都能開。可是，那天的考官可能心情不大好，從始至終皺著眉頭，四個學員攆下去仨，不是說快了就是說慢了，這算什麼理由啊？

最後一項我也考了第二次，還找了人，求了人。

千難萬險，終於有證了。有車了，可以上路了。那時，只記得每天兩隻眼睛是那麼專注，炯炯地看著前邊，半秒鐘的眼珠兒都不錯，就是死死盯著車玻璃看。我還邊開邊疑惑：書上寫的和這路上的實際，怎麼不一樣啊？一點也對不上號啊？回家時，大致掃一眼路牌，不是拐早了就是拐晚了，要麼右轉、右轉再右轉，才能回到家。要麼左轉、左轉再左轉，才是家的正確路線。

還有一悖：每當紅綠燈前，總希望自己的前面至少有一輛車，停在別的車後面，自己才踏實，綠燈起時，才敢開。就像前面的車是頭羊，是頭雁。

五月份時有一天，自己的一部新長篇出來，去貨場自提。那天約老作家陳沖先生陪同，他在開車方面很有心得，方向盤的校偏方法，就是跟他學的。提書回來的路上，坐在副駕上的我，才第一次，能從容地望向頭頂一閃而過的藍牌子。我以為藍牌子方框上面的路名，是當下的路口。陳老師告訴我，不對，方框中的路名，才是當下，而上方的，是指下一路口。這一答案，讓我驚出一身冷汗，也驚得不好意思說話，因為此前，回家不是轉早了就是轉晚了，正是因為牌子上路名的誤讀。機考還得了一百分，這是哪兒跟哪兒啊，羞死了。

開車近十年，只遇一次險，嚇破膽。那是買車後的第二年春天，文友相約去牡丹園，五六個人，三輛車。去時，還順利。回程，我拖累了大夥，當看著熟練的她們脫韁野馬一樣奔馳遠去，我也想加快，這時，一個騎電動車的壯漢，他比我更快，他貼著我的右倒車鏡，車把正刮在右倒車鏡上。摔倒的他站起來沒有喝斥我，而是咚咚咚跑向了對面的醫院，那個鄉醫院，就好像特意為他準備的。嚇死我了，手是哆嗦的，打電話摁鍵摁不動，待大家折返，回來，陪著笑臉說好話，希望本來沒事，壯漢讓我們走。

壯漢說他要檢查，讓我們等。然後就是等。二十四小時，七十二小時，三天，一週過去了。後來，一個月，三個月，等得那麼煎熬，雖然最後的結果是不了了之，在那漫長的等待煎熬中，我還是被折磨得哭了好幾場，太嚇人也太耗人了。

幾年都沒敢再上高速。

我成了保險公司的優質客戶，十年車程，一次刮擦都沒再有過。車子很新，表上的公里數，還不到三萬。每當有人問起，車齡，公里數，我實在羞於出口，就像《紅燈記》裡的那個李奶奶，顫聲道：「八年了，別提了！」

——寫於二〇一七年春

補記：

這篇文章寫完後，我在一女友的鼓勵下，壯著膽子開車去了北京，往返幾次，感覺頗好。學會聽導航了，此前覺得導航上說的話，像天書。現在，細心、耐心，特別是小小地錯了幾次後，導航終於聽懂了。汽車，我終於領略了它的妙處、它的方便，也馭之如風。

當妳在晴天朗日，駕著汽車奔馳在高架橋上，飛翔在藍天裡，車子風馳的速度有如帶著妳飛，妳的臂上像生出了翅膀。車使人與天空離得那麼近，大地是妳的海，白雲是妳的帆，妳精神和心靈之旌旗在獵獵飛揚。那份神奇，上帝賜福的奇妙，只有親身體驗過，才會知道……。開車吧，女司機們。

終於可以開長途了，往返四千多公里

男女之間

十年前，好像寫過一篇「關於愛情」的文章，是關於男女的。今朝，覺得「男女之間」似乎更貼切，遂如上。

——題記

女兒告訴我，在她打工的餐廳，能經常看到白髮蒼蒼的老人，他們手執手、眼望眼，等餐時也那樣相戀。他們有的是夫妻，有的是戀人。

最老的可能都有九十多歲了，已經步履蹣跚，可是老頭很乾淨，很講生活品質。老太太們，也是抹紅嘴唇，穿小絲襪，冬天裡腳下還是半跟的船兒鞋。他們的老年時光依然十分美好、祥和、相愛，進時牽著手，出時牽著手。女兒說能從他們的眼睛裡，看到幸福、快樂。

這樣的老年生活，固然讓人羨慕。那是那一方土壤吧。在我的周圍，即使老年後到一起的男女，也依然會為你家我家、你的錢我的錢，而生隙，動心眼兒。有一農村老頭兒，好像因為老太太慢怠了他的孫子，沒有對他的孫子如其所願，竟至動凶傷人。太可怕了，在那個老頭眼裡，老太太應該從來不是他的女人，他的愛人，而是，他們家的一個保姆。這樣沒有愛情的男女之間，眼裡流露出的目光，會是怎麼樣？

因為自己生活的殘缺吧，我常常觀察那些家庭完整的人。幸福的女子，有，所占比例不是太多。她們的好命，也許緣於「傻白甜」。相貌好，受過高等教育，所遇也是幾世修來的愛人。男人能吃苦，有責任心，為老婆、孩子的好日子而埋頭苦幹。養家糊口，建設家園，而立之年即進入小康。這樣的生活，傻白甜的女人怎麼也成不了孫二娘，更不會自己跑到社會上去跟男人們拳打腳踢……

快樂的男人，則是神態堅毅，會場上純純正正的西裝，會場下舒舒服服的休閒，一頭乾淨的板寸，不喝大酒，不抽煙，頭髮無屑，腳下皮鞋不扭，即使翹起二郎，也不亂抖。連他的眼神、臉上肌肉紋理，都是順著的。這是老婆對男人好，生活怡然的標誌。

男女相愛，互為親人，無論年老年少，這樣的姻緣，不是太多。

也見過一些活著的僵屍男女，他們有家庭，姻緣也沒破，可是，彼此，心理上已經形同陌路。這樣的日子應該是不幸的，值得同情，無論哪一方。都不愛了，誰都不疼誰了，還將就什麼呢？無非是孩子、地位、財產、親戚關係等。兩人的生活，被那麼多婚外的關係來捆綁。會場上，我見過一些男人，他們的頭髮，是打綹的，褲子，特別是到了褲腿，打著永遠也熨不開的褶皺。襪子，最能暴露男人真實的生活，那襪勒，顏色、質地，都可以推出他的老婆是什麼樣，他的家庭生活是怎樣，老婆心情如何、傻不傻、把家打理得如何。

如果，兩人之間，已經像空氣對空氣，誰的眼珠都不轉給誰，更沒有四目相對。這樣的結果，我想，更多的，責任在男方。

男人掙了錢給女人花，女人把男人伺候得舒舒服服，那麼眼神就不會賊溜溜，臉上嘴角陰惻惻。

再向下觀察，他們的褲角，一定是平展的。鞋子，更是舒服恰當的。

幸福的家庭未必相似，不幸的家庭一定各有不同。見過多少原配夫妻，誰都不愛誰了，甚至很煩，很恨，卻還能同屋簷，同床同枕，因為他們是同一利益，同一戰壕。這樣的生活，無論對男人還是對女人，都應該是個巨大的不幸吧。這樣的家庭，存在不少。暫且叫他們混著型、將就型吧。

一個男人如果衣衫落拓，自己吃飯，自己洗衣，那麼他的生活裡，要麼女人傻，承擔不起生活，要麼，就是這個男人太自私，自己掙錢自己花，他不愛女人，當然，女人也不會回愛給他。看似一家人，看似有家庭，可是家庭裡，女人是缺位的，男人形同光棍。

這樣的男人我覺得也是可悲的。因為他的自私，他的性別角色，都錯位了。

看女人幸不幸福，只須看她的眼神。男人生活得怎樣，也只須觀察他的眉目。不離婚的、混著型的，和分了手的，鰥寡孤獨，都不好過。

男人遇見對的女人，女人相遇懂的男人，多不容易啊。

我早期的小說，對男人有過深惡的立場，甚至不經意間，作品中流露的那種痛斥、貶損，現在讀來，知道自己太年輕了。為什麼我們的婚姻，要捆綁那麼多，心機那麼多，甚至，騙子多呢？也許，是大家的日子太窮了。愛情，是完全的溫飽之上，而婚姻，卻可以給很多人帶來一勞永逸。

在我的人生經歷中，發現把婚姻騙成的，是騙子的最大成功。他們把不可能，變成了可能。比如，蛤蟆和天鵝就是結婚了，牛糞和鮮花，擺一起也不是什麼新鮮事。還有好漢無好妻……，民間幾千年早已總結好了，不是我的獨家發現。而所謂好人、好女人，常常把可能，變成了不可能。她們的命運就此改寫。

但是，命運這個東西，太神祕，太莫測，一切，又似乎有個老天撐著，所謂：「人惡人怕天不怕，人善人欺天不欺。」最後，長遠地看，善有善報，好人有好報，又似乎是個不二的定律。

魯院一同學曬幸福生活，他的生活確實太幸福了——單位，悠哉的日子；掙的錢，也足以養家；一家人，親親愛愛的，沒有憂煩的日子，男人整日都是穿著乾淨的T恤，安步當車，享受生活。男人付出了全部，女人回報的，肯定是加倍的愛；男人付出了所有，收穫的是安寧的日常生活。這也是法則啊。在我見過的婚姻中，東北農村、華北農村，農民男人，讓我記憶深刻、刻骨銘心，並且，後背一陣陣發涼。東北農村一個親姑父，比姑姑大，地裡的活，姑姑全包了。家裡的活，餵雞、餵鴨、餵人、餵豬，還是她一人。洗衣服，也是她。劈柴禾，又是她。只有她的大兒子，長大了，會替一替當男人一樣使的姑姑，分擔一點。後來，到了中原、華北平原，發現男人的懶惰、自私，是不分東北、華北的。有一個家庭，女人為他生過一窩的孩子，六七個吧，可是，男人依然是遊手好閒地，整日端著個小酒壺，頓頓喝。地裡的活，女人幹。家裡的活，餵豬、餵狗、餵雞鴨、餵人，也全是女人。男人不疼女人，甚至把女人當牛馬。晚上，也是不同床的。嫌女人窩囊，炒菜不香，他有時會自己動手，親自炒一盤，自己吃。這樣的家庭，慢慢地，你會發現，他的兒女身上，就遺傳了兩類，一類，是跟男人一樣自私，掙了錢自己花，有了好吃的自己獨享。另一類，則是遺傳了窩囊的基因，認為受氣應該。

我一直秉持「共建家園，共同富裕」的理念，男女平等，平等在共同地付出，共同地勞動，共同地建設生活。而不是，一方動心計，坑著另一方。

見識了這麼多的悲劇，周遭，有這樣多的憂傷，我還對愛情、婚姻抱幻想嗎？我還設想那些女神級的人物，雖然同樣單身，同為單身女性，可我不是朴謹惠，更不是威風凌厲的小蔡，她們有事業，我只是讀書為伴。小朴、小蔡是人間高冷女神，我只是眾多普通女子中的一個。她們神級，我凡俗。但神級女人，就不渴望愛情嗎？

我想，一定也是渴望。

只是，男女之間，實在是太難太難……

花癡女人

最初的時候，總聽到鄰居們對著她的背影叫「陰瘋子」。陰瘋子，陰瘋子，直到上了小學、初中，讀了一點課外讀物，才恍然曉悟：她們說的「陰」字，可能是「淫」，她們在叫她「淫瘋子」。再到後來，成年了，讀了很多文學作品，才知道淫瘋子的學名，叫「花癡」。對，鄰居周長花，就是花癡。

周長花有丈夫，我們都叫他夏二叔。夏二叔混血，且第一代，他最鮮明的特徵是高高的鼻子，有多高呢，和他臉上的眼睛比起來，是峽谷和高山，聳立的大鼻子，兩窪深藍的眼睛，方方的嘴巴，一口馬一樣堅實有力的牙齒。「這樣鼻子的男人性欲強得沒邊兒，十個八個都不夠。」——當地婦女們傳言。

這一判斷，也是基於夏二叔永遠的「胡搞」。胡搞，是夏二嬸傳播給大家的，夏二嬸就是周長花。她經常在大冬天的早晨，天還沒亮，跳過木柵，直奔我家而來——夏二嬸一路哭嚎，冰天雪地她是布衣睡褲，聳動乳房的背心——她顯然也是剛從被窩兒裡出來，兩眼腫得封候，臉上是真正的鼻青臉腫——她哭著躥進我家，嘴裡嗚嗚說著：「夏老二打死人了，他要殺我，夏老二為了個破鞋，半夜差點掐死我！……」那時的我家，也都還沒起床。冬天裡，暖和的大火炕，東屋是父母親，西屋是我們幾個小姐妹。夏二嬸來，直奔東屋，父親可是還躺在被窩裡呢。母親敏捷地攔住她，迎著她向西屋走，說：「她二嬸，有話慢慢說，來，上這屋坐。」——周長花嘴唇都凍紫了，哭得語不成句，重複著剛才那三句遞進式的場景，結尾再加一句：「得虧我跑得快呀，要不，早被夏老二打死了。」

怕母親不信，她把衣服掀開，毫無顧忌地掀，我們都看到，在她的身上，前胸後背、大腿脖子，青紫得一大片一大片，腫得麵包一樣。這樣一具肉身，夏老二得像拳擊沙袋一樣打了多久，才能把她打成這樣啊？給我們看完，周長花又嗖地一下躥下地，她說：「我得給我大哥看看。」

她大哥當然是我父親了。在我們東北老家，鄰里相互稱呼，不知道的，以為是親戚。不稱姓，直接叫大哥大嫂，一家人一樣。母親急攔，說：「他嬸，快別讓妳大哥看了，他看也白扯，我都知道了。這個夏老二，確實不像話！」

這樣的場景，已經數不過來。母親除了替她譴責幾句，餘下的，也沒什麼作為。周長花怔怔的，眼睛發直。

母親嘆氣：「唉，自古勸賭不勸嫖，勸嫖兩相惱。他二叔若是好吃懶做，我讓妳大哥去說說也行。可這事兒，管不了啊。」

周長花青腫著臉，茫然地看著空氣，點頭。

然後突然一咬牙：「這個夏老二，他是鐵了心了，要打死我。打死我，好跟那個破鞋過。那破鞋有爺們兒，還禍害別人家的老爺們兒，真是個破鞋精！」

周長花說的破鞋精，就是前院的甄女士，我們叫她甄嬸。論起來，她們還有親戚，是什麼拐彎的姑舅嫂之類。甄女士眼睛近視，還不戴眼鏡，看人總喜歡近前兩步，再兩步，然後，幾乎是趴到你的臉上，來分辨。這樣看女人、看小孩，都沒關係，可是看男人，特別是看夏老二這樣的男人，幾次，呼吸對呼吸的，夏老二就受不了了。周長花所指的姦情，四鄰八街都知道。

母親又說：「要不，就跟他甄嬸當面嘮嘮，當面嘮透了，也許就好辦了。」

周長花腫著眼泡兒，猛晃頭，那意思，是啥招兒都不行。

坐夠了，哭夠了，她終是得走。母親把她送回去，回來跟父親小聲說：「像她這樣的女人，哪能沒男人呢。」

周長花也是混血，她高而略聳的鼻樑，是蒙古族式的。兩塊顴骨，又紅又亮。顴骨高，殺人不用刀。「鼻子懸陡，女人要起來沒夠。」——當地民諺，也是幾千年來老百姓火眼金睛的總結。周長花比夏老二小幾歲，跟夏老二結婚，一氣生了五個兒子，個個相差的梯次，是月經停和始的一個最短循環。孩子們被她省事地叫成了大胖、二胖、三胖、四胖、五胖。五胖剛生下，周長花就發現夏老二所謂的上班，是去了他甄嬸家。五胖會走路時，夏老二已經公開出入他甄嬸家了。然後，就是半夜的一次次打，周長花大冬天的，一次次向外跑。跑了一兩年，周長花不再跑了，她經常在冬天的早上，一個人，嘴上塗著用紅紙洇紅的嘴唇，厚棉襖外套著一件「的確涼」襯衫——那應該是她最好的一件衣裳了，紅紅的小紗巾翹著尾巴，像公雞大嬸——她向南大河進發了。夏天、秋天、春天，均如此。那件心愛的的確涼襯衫，是橙色的，她有時也把兩個臉蛋兒染紅，整個人像一團火。

有一天，在一個晴好的上午，母親在園子裡摘豆角，周長花趴到柵子空兒，告訴母親，知道她每天都去南大河幹什麼嗎？她說，去看高傻子。每天都去，看一次高傻子，回來，這心裡，又能吃下飯，又能睡一個囫圇覺兒。

高傻子，不是看瓜地的那個光棍兒嗎？沒爹沒娘，傻心眼兒只長了一個，誰敢偷瓜，他逮著，小命都不保。高傻子身體壯，跑得快，又不循私，河南岸那片地交給他，大家放心。

周長花說，每次夏老二問她，上哪兒了，她都說去大地了。大地，就是高傻子看瓜的南大河。

南大河，也是呼蘭河。南岸，是一片廣袤無垠的土地，當地人叫它「大地」。每年夏天，生產隊在那裡種有玉米、香瓜，和各種時令蔬菜，怕被家畜禍害，也怕被人偷。社員本身來看地，擋不住的監守自盜。後來，雇了高傻子，說雇也不準，是不用付給高傻子工錢的，只要管他的吃喝。住處，就是那個冬夏都鋪草的窩棚。窩棚極高，四根杆子戳起來，架起一個小樓樣的木屋。林區，紅松板子可勁用，夏天的時候，高傻子坐在板鋪上，悠著兩條壯碩的長腿，天熱，啥也不穿。周長花來了，看個夠。冬天，窩棚裡鋪上靰鞡草，僅有的一身衣裳，長了蝨子，高傻子依然光著，趴在板鋪上捉蝨子。周長花來了，有時也幫他一起捉。高傻子不害羞，一覽無餘地展晾，撫慰了周長花寂寞荒涼的情感。秋天，高傻子曬老陽；春天，高傻子面對綠油油的大地，周長花面對他，醉心其中。

有好多次，即使是大霧的早晨，周長花也依然是那個打扮，小紅紗巾翹翹的，腴胖的身體走路一搖一擺，向南大河進發了。河水凍了冰，她可以抄近路。天寒地凍，可她的心裡一團火，眼神像新娘。讓那些早晨拾糞的、餵豬的，還有出來倒尿罐的婦人，嘖嘖：「陰（淫）瘋子，又看傻子去了，瘋得沒治。」

其實周長花的疾病，叫淫瘋、花癡，都不盡準確。她更接近的心理隱疾，應該是「窺視癖」，她是在窺視高傻子的日子裡，得到了心情的緩解，解除了焦慮。和人們一直叫流氓的「暴露癖」，或許是一對。

後來，還發生了一次在夏老二家裡，甄女士打上門來，她一直追問夏老二，讓他當面講清楚，到底跟她有沒有關係，憑什麼四鄰八街的都戳她的脊樑骨（言下之意，是周長花這樣散布，對她不公）！如果夏老二不說清楚，她就不走了，就躺到他們家的炕頭上，不能白背這個黑鍋。

那是一個春天，陽光明媚，好像還是星期天，因為各家的小孩子，都沒上學。我當然也站在院子裡，我們看露天電影一樣，看著夏家的院兒裡，上演男女拖拽大戲。甄女士一遍遍地躺到他們家炕上，夏老二就一次次地，扯著她的一條腿，倒拖著，從炕上拖到地上，再拖到屋門口，再拖到大門外。院脖兒很長，拖拽的高潮主要是院脖兒這一段——甄女士被拖第三遍的時候，襪子掉了，她的腳丫，就握在夏老二的手裡。外褲也沒了，只剩下粉色的晴綸秋褲。上衣，一遍遍地隨著泥土捲起來，露出了白腰，白肚皮兒——夏老二把她拖到大門外，撂下，就自己向屋裡走。甄女士站起來，撫捋撫捋後腦勺上的草棍兒，拍拍屁股上的灰，雖然鞋都沒有，一隻腳上還缺了襪子，她扭嗒扭嗒，就又跟了進來，咕咚，再躺到炕上。夏老二不嫌煩，他笑呵呵，再一次重複剛才。最後一次，他是抓著她的頭髮，一把頭髮，像拽著一縷蘿蔔纓子，倒提著，向外拖。周長花始終不吭聲，跟外人一樣。我們小孩子覺得拽頭髮，那得多疼多恐怖啊。可是母親說：「你看那女的美的，這麼多人看，可把她美壞了。」

年少的我，不能理解，一個被拖到地上的女人，有什麼可美的呢？現在，經歷了人世幾十載春秋，恍然明白甄氏確實是挺美的，她公然，跑到一個女人的家，然後，那女人的丈夫當著大家的面，眾目睽睽，不分你我，像拖自家老婆一樣，數遍拖拽她。而周長花，這個貨真價實的老婆，並沒有這個待遇，成了旁觀者。她甄氏，焉能不美？

女人被冷落而成為花癡，而得心理疾病，後來，在城市，中原這裡，我也見過一個。她是大學生，有文化。丈夫初時還好，一年後，有了孩子，他們的日子，就冷了。冷淡的原因，女人也應負有一部分責任。開始時，男人越怠惰，女人越發瘋，越瘋越潑，越潑男人越冷。大吼大叫，只能使男人眼珠都不轉給她了。沙發上看電視，男人坐著，女人也坐下，男人會起身離開，到另一個單隻的沙發上去坐。

幾年下來，她走形了，變樣了，看人的眼神，精神病一樣賊亮，發著通了電一樣的光芒。家裡有男人，完全等同於沒有，不，比沒有更讓人受折磨。這個女人，受過高等教育的女人，她也解決不了上帝造人時留下的惡意一筆。滿天下，滿世界，她不是周長花，她沒有大野地裡的高傻子可看。在她身邊，漸漸地，是下崗的、打麻將的、混吃等死的……。饒是這樣，在她眼裡，他們也都高傻子般可愛，她離不開他們了。

自家男人，不打不罵不離，影子一樣。女人是提早進入更年期了。

生活真的太殘酷了，幾年不見，當我再見到她時，她的眼神，不那麼亮了，如祥林嫂，間或一輪。對男人，無論是親戚、朋友，或同事的丈夫，都像當年的老大娘對待八路軍一樣，格外親，格外照顧。那神態，也近似癡了。女人面前，她沒什麼話。只要是男的，滔滔不絕，看誰，都傻笑。端水，遞吃喝，抱住男人的胳膊往手裡猛塞，待親兒子一樣。她下崗已經多年，手中無分文，但給男人好吃好喝，從不心疼。

客人沙發上坐，她也坐。

客人桌上喝，她也喝。

客人抽煙，她也抽。

……女人被生活蹉跎成這樣，怨誰呢？當年的周長花，和這個城裡女人，每每想到她們，我都心疼。一個人的一生，就這樣毀了。無論多少原因，有一點可以肯定，幸福的家庭，女人都不會這樣。可悲的是，幸福的家庭太少太少了，男人不男人，女人一般會漸次得上這樣幾種病：抑鬱、神經、呆傻、偏執、精神病，及至花癡、窺視癖……

離開故鄉二十多年了，聽說，周長花還活著。年老的她，不再去大地，高傻子已經在某一個冬天凍死了。周長花經年累月，在院子裡為夏老二養豬。夏老二是酒糟廠的頭目，家裡有無盡的飼料。周長花一年四季，和豬們打交道，餵出欄一批，給兒子娶一房媳婦。五胖都結婚了，她依然在養。夏天，她就和豬們坐在院子裡，為牠們捉蝨子。冬天，則為牠們鋪上柔軟暖和的靰鞡草，防寒……。鄰居們說，她是把這些豬，當成男人們來伺候，來愛了。

城裡，大平原上的這個女人，她也一天天地在活著，並且，生命力不減。她現在養了一條大狗，為伴。

你看心理醫生了嗎？

心理疾病是我們隱諱的話題，它常常跟「變態」聯繫在一起。「變態」是可怕的，我們既怕面對「變態」的人，又怕人說我們「變態」。作家畢淑敏把心理問題這一社會題材，寫成了文學作品《女心理師》，正如作家本人所說，殘酷和溫暖交織；懸念、趣味也不無悲憫。

女主人公賀頓，也就是曾經的絳香，她本身就有著嚴重的心理疾病，生理表現是下半身冰涼。當她做廣播電臺嘉賓主持的時候，每每面對家庭的話題，比如老大、老二的性格，她都不能自抑地出現錯亂，或者面對錢開逸聊到身世問題時，她也短暫失態，惱羞成怒。

賀頓沒有在幽冷的路上走向歧途，而是通過學習，自救，走上了心理醫師的角色，她開辦的「佛德」心理診所，接待了各種各樣的心理病人，老松、大芳、官太太李芝明、闊少爺周團團，還有同性戀者桑珊、謊稱外地人披著普通人外衣的高官蘇三（張三），他們都因為曾經的不幸，日久成疾，帶來了精神上的沉重、扛不動又卸不掉的心理枷鎖。

女心理諮詢師賀頓在給他們療傷時，自己也淪入了巨大的精神漩渦，因為她這臺心理問題的篩檢程式，也有不堪重荷的時候。少年不幸，母親賣春，繼父給她的難以癒合的傷害……，她曾經那樣弱小、無助。能夠開張心理診所，是她不甘屈服命運的性格使然。她救贖了別人，也掙扎著自己。在她的個人生活中，丈夫柏萬福給了她生活上的扶助，同事錢開逸卻讓她有了事業上的騰飛。後來也是錢的相助，她才得以拜訪心理大師姬銘驄。大師說，在心理問題的追尋上，沒有事實真相，只有感情的真相；沒有真正的真實，只有心理的真實。大師不但在賀頓專業的迷霧中指點了迷津，還在賀頓本人具體的病理成因上，給予了身體力行的治療。讀到此，我想許多讀者可能會和我一樣，驚詫、生疑，難得其解。好在作家最後，撥雲見日，又給了賀頓新的昇華，能夠自圓其說。

心理疾病，到底是屬於精神範疇，還是生理範疇，我不得而知。但我知道我們生活中的許多人，都或多或少，不同程度地，有著心理疾病，也就是通常所說的「心病」。而且這種「心病」，常常伴我們一生。我不記得貓狗對我的具體傷害，但我就是特別怕牠們，不敢看貓的眼睛，不敢對視，不敢離狗很近。連家養的小雞，都不敢拖，主要是怕雞身上的毛。飛在天空的和平鴿，敢看不敢摸，凡是和毛有關的東西，都輕易不敢觸碰。還有，怕磁鐵上吸起的鐵屑，尤其是來回拉動，看著那根根立刺兒，我就毛骨悚立。生活中，我已有了幽閉症，上班不願意見人，常常有意錯開大家碰面的時間，到辦公室喜歡房門關緊；下班怕碰見半熟不熟的鄰居，更不願意乘電梯，怕對著物業的人一天打幾次的招呼；除了孩子、父親，必須的吩咐或叮囑，我已經很少和人面對面。希臘文中說，心理學是關於靈魂的。我不知我的靈魂出了什麼問題。

我曾去過一家公立大醫院的心理門診，進了門，看著那個呆坐、面容菜色、兩眼無神的女醫生，和她的一問三不知，還有勸我坐下來的第一句話：「一個小時五塊錢，比算卦便宜。」我是猶猶豫豫退出那間房門的，我想，跟她聊的結果，也許還不如跟女友說說痛快。

心理學是一門新興的學科，尤其在我們普通人中間。「心病」似乎人人都有，「我越是看到人性的幽暗之處，越相信它會有出口」。如果我們每個人的「心疾」都找到出口，那麼我們的心靈（包括靈魂吧），是不是就會澄澈起來，清明起來，溫暖、美好起來……

那時，人們再見面的相互問候語，很可能是：「你看心理醫生了嗎？」

第三單元 文學之旅

讓文學給家園點燈

文學初心

許多人對文學的喜愛，都是從少年時的閱讀開始的。想當作家，又多源於最初的作文，那些被老師在課堂上當範文來唸的作文。

我也是這樣。

從小學到中學，我的作文經常成為老師在課堂上講評的作文之一，那時，便理所當然地以為自己的作文寫得好。初三的時候，有一次學校舉辦全校作文大賽，是命題作文，主題是對家鄉山和水的讚頌。說實話，那個時候的我，對家鄉沒有什麼概念，對那每天熟視無睹的山和水，也習以為常。但是，我很鄭重地、吃力地，甚至從概念到概念的，把家鄉的山和水表揚了一遍。其實那樣的詞彙，那樣的行文，放在中國的任何一個省、一個地方，都沒問題。應該說那是一篇不著邊際的作文，我卻信心滿滿，交了上去。

到了快要張榜的時候，我沒有跑到學校去看，一是我家離學校較遠，二是我相信自己肯定會上榜的，而且可能是二等獎。名次我都在心裡估計好了，我想一等獎老師會給那個她更喜歡的同學，而我的作文寫得確實好，二等獎就會順理成章地由我來。我希望這個獲獎的消息不是我帶回家，而是由我的好友，于苗同學，她來我家找我玩時，說出來。

那天晚上，于苗果然來到了我家。她沒有背書包，這就意味著，她不是來寫作業的，而是專門來發布消息的。我喜出望外地拉著她的手，往我家人最多的那個房間裡領，邊領邊無意地問她的來由。我想看到她說出我得獎的消息後，那一屋人的驚喜。

可是，于苗用了更大的勁兒，將我向外拉。同時她小聲地在我耳邊說：「妳的作文沒評上。」

我聽到了驚雷，我比于苗速度更快地向大門外走去，我的眼淚瞬間就洶湧成河了。我大步地向前走，卻根本看不清腳下的路。我感到我的心，分明是一隻裝水的瓶子，傾倒在地，怎麼止都止不住，一直流淌到河邊。

這條河，是後來有個女作家，她寫過的著名的呼蘭河。我們這，是源頭。在當時，我並不曉得，我只知道，左鄰右舍都管它叫南大河，南綆。

看我站下來，只望著河水，于苗說：

「老師太偏向了，她就喜歡那個男同學。」

于苗說：

「妳也別太難過，我也沒評上。」

于苗最後說：

「以後咱們的作文，不用她再講評了，不給她看。咱們寫好後，投稿，向報社投。等發表了，看她還說什麼！」

這些話，對我很有作用，那顆流淚的心，不流了。

接下來，聽于苗介紹了班裡另一些同學，他們的獲獎，一、二、三、優秀，好幾十號呢，偏偏沒有我們倆，這個女老師，她不是偏向，是什麼呢？平時上課，她就穿得妖裡妖氣的，可惜，長得也不好看，咋打扮，也是那個樣兒。「看她一臉雀斑，心眼兒就不正！」——我們在共同的批判中，結束了對作文獲獎的糾結。最後，于苗再一次提出：「我們以後的作文，偷偷寫，偷偷地投稿。」「對，投稿，發表！」我們下了決心一樣地說。

那一晚，我們一直在小河邊聊天，當我們離開河邊，已是暮色蒼茫。我害怕家人看出我哭過的眼睛，更怕他們問起學校評獎的情況，送完于苗，回家的路上我依然走得磨磨蹭蹭。當我推開家門，準備好了一肚子這麼晚才回來的理由時，卻發現，勞累了一天的家人，都已經睡著了。

文學男女青年們

當我正式向外投稿，並有了回音時，那時我已在工廠的機關。天天寫材料，材料的下面壓著小說。主任一來，我就趕緊做認真思考、寫材料狀。

家鄉的小縣城，郵出去一封普信，再等到回音，要一個月或二十天，寄出去一部小說稿，等來的結果就更漫長。在整整一個冬天裡，辦公室二樓那扇結滿冰霜的窗子，就是我所有的盼望。我在窗上用熱氣哈出個月亮大的圓圈，透過它，我能看到廠門口的收發室，我在等待那個年老的郵差。每當看到他的身影，我就快步跑下樓去，他已經對我很熟了，會把那並不厚的一小捆信都交到我手上，由我挑選。

有我的信，如獲至寶；沒有，便沮喪地走回。冰天雪地，我不覺寒冷。

第二年的春天，因為我發表了作品，還獲得了一個上海的獎項，我被推薦到省作家班學習。那時的工廠都支持文學，去學習時，工資是正常的。那時，我的女兒兩歲多，我是帶著她，到作家班學習的。開始，我把她放在妹妹的家裡，兩天時間才能看她一次。後來，和老師同學們都熟了，就把她帶到了學校，上課時讓她在室外操場玩，下課帶她一起吃食堂。那是孩子一段非常快樂的時光。

在作家班，我發現只要愛文學的，都來了。一個三十未婚的女孩說她最崇拜蕭紅，並立志要當蕭紅，她果真梳著蕭紅式的黑黑的齊瀏海兒，並在那依然還冷的季節裡，堅持穿著五四時期女青年那種白衣黑裙。另一個只有十八歲的農村女孩說她更欣賞瓊瑤，她說中國十幾億人竟沒出一個瓊瑤，太恥辱，她要填補這個空白。在她的小日記本裡密密麻麻地寫滿了小字，她說那是她寫的長篇小說。她打算在一年之內，就寫出五部長篇來，打敗港臺所有言情高手。這個女同學由此而獲得「五部長」的外號。

女同學中還有喜歡張愛玲的，並也由此身體力行地穿著張愛玲式的裙裾，梳著張愛玲式的三七喬賓髮……。在食堂，經常能聽到其他專業的同學對作家班的議論，他們說：「你要是在校門口，看到那打扮有點半瘋，像神經病的女人，準是作家班的文學青年。」

作家班的男同學們也很有意思，有個老張，年近五十了，據說他是賣地賣牛才湊夠錢來讀書的，為此，他的老婆跟他離了婚。老張說他最大的心願就是能在省級刊物上發表一篇作品，小說最好，散文也行，實在不行，能給發一首詩也行啊，幾行都行。總之，他要爭一口氣，在省級刊物上發點東西，讓瞧不起他的鄉親們包括前妻瞧瞧。

老張的心願其實是所有文學青年的心願，大家都想在省級刊物上發表作品，省級刊物比市級、縣級強，有絕對的權威。就像北京的刊物是國家級，它比省級更了不起。可是，直到畢業，老張也沒能在省級刊物上發出一個字。臨畢業的晚上，他把剩下的錢全部買了酒，然後一人躺在教室的桌子上，放聲大嚎，他說：「什麼文學呀，可他媽害死我了，它讓我妻離子散呀，賣地賣房子啊，就是沒賣出一篇狗屁稿子啊……」

文學在北京嗎

和孩子剛到這個城市時，有過一段艱難的日子。這裡太熱了，在那悶熱又潮濕的小平房裡，蚊蟲叮咬，孩子起了滿臉滿身的痱子，怕她抓破感染，就整夜地給她用扇子搧，有時把我睏得睡著了，可耳邊的嗡嗡聲使我猛地一拍，打自己一臉血。

天熱帶來的另一個問題是孩子要吃冷飲，那一罐可樂要兩元錢，一個霜淇淋三元，這個價格讓我心驚肉跳，太可怕了，我那本就不多的一點工資難以支撐。一萬字的小說也只有幾百塊的稿費，而且來得又遲……。那段時間我不再寫小說，專門寫些胡編亂造，掙錢快的所謂小故事。白天，在編輯部，我要認真編稿，我就是從一個小作者走來，我非常懂得寫作的不容易，我把每一篇來稿都仔細地看過，一點一點編好，能發儘量地發。給無名作者機會，是我換位的體諒。晚上，等孩子睡下，我像個農人，在自己的文學田園裡，開始勞作。除了寫那些掙錢的，我還寫我心中的故事，心中的文學。〈故鄉呼蘭河〉、〈文學青年劉小紅〉、〈情感問題〉等，都是那一時期的作品，並陸續在一些較好的刊物上發表出來。

有一次跟一位文學同行聊天，他感嘆說現在的寫作風氣不正，文壇太邪惡。他說現在寫作根本不是一個人的事兒了，它需要哥們兒的哄抬，朋友力鼎，和相關權要的吹捧。什麼四重奏哇，幾聯展呢，想出名，那得有人。沒人幫你，你就老老實實死幹硬寫吧，很多時候，連跟讀者見面的機會都沒有！

當時是一個文學活動，大家飯後，又喝了點酒，群情激憤，另一些人附和說，文學也如唱戲的，對，跟唱戲沒什麼兩樣，得捧。

第一個說這些話的男作家，後來不幸在車禍中去世了。另一部分附和的人，現在，也多已不寫。還有一個，他出主意說，要想成功，到北京去！只有到了北京，文學權力中心，那才是聖地。

他們說的都有道理，北京吸引著各行各業的熱血青年。唱歌兒的，要拋夫棄子，不遠萬里來到北京；影視演員，也同樣不惜傾家蕩產，混在北京，混在北京才有希望成為腕兒。按理說，文學，寫作，它是安靜的事業，一個人就可以悶頭幹的事兒，可是不行啊，寫了也發表不出來，更別說得獎。有多少作家，辭工作，賣房子，漂在了北京。北京的勾魂，有其道理。

北京到底是一個什麼地方呢？那一年我還讀了北京的魯院，是自費，一百來號人，除了我和另一個當點官的男同學回了原單位，其他的，近百人，全部留在了北京，都沒走。他們說革命尚未成功，成名仍須努力。

記得那一天我在日記本上寫下了一行字，是誰說的我忘了：

「為理想而痛苦似乎並不可怕，可怕的，是你眼睜睜看著它成為笑談。」

靜寂下來，我問自己：妳真的愛文學嗎？這種愛裡，又有多少別的？說實話，有一點是可以肯定的，我是真的熱愛閱讀，熱愛寫作。是閱讀，伴我度過了生命中最寒冷的冬夜。是書寫，讓枯索的日子變得有味道……。沉重的肉身一張床足矣，可那需要撫慰的靈魂，拿什麼，給他們修築一座可以憩息的精神家園？

是文學，是那些神奇的文字，它們火種一樣，一簇一簇，點亮了生命家園。也燭照世界，燭照萬物，一片光明。

寫作讓人心靈安寧

陳超你好

又到了秋天。我想，過不了多少日子，懷念你的文章，紀念你的文章，一定會撲面而來，鋪天蓋地。去年你的葬禮上，送行的人很多，有人說多過了市長，不，比省長更熱鬧，很多人都是從外地趕來，千里迢迢。也許，這樣的對比有點庸俗，但它也說明，你活在了一些人的心中。

接到噩耗電話，是那天的上午十點半，我正在一家新開張的理髮店做頭髮。店家打出的招牌是試營業，大優惠，婦女姐妹們一個頭才四十塊。這麼大的便宜不撿，犯罪啊。那時節我的頭髮直了很久，正要燙個花。奇怪的是進了門，年輕的老闆把手中持券的幾個農村婦女，都安排進了椅子，並果然守諾，一個頭，就收四十。而我，他死逼活勸，四十的藥水傷頭髮，要我接受二百的。即使這個價格，商標上沒有生產日期，沒有保質期，什麼都沒有。

坐下來，就堵心。可是賊船已上，滿頭槓。電剛上上，另一小哥，又開始來推銷，賣產品，洗頭髮，等等等等。面對我的冷臉、皺眉頭，他仍能喋喋不休，有非常好的心理戰術。這時候，我接到了那個電話。

他看看我，什麼都不再說，就走了。

緩過呼吸，我打了一個同事的電話，她是陳超的學生。這個學生一接電話，說她知道了，正在火車上，去外地，回不來。

我琢磨，再把電話打給誰，能找個同伴去他們家看看呢？

認識陳超，是九六年的秋天。那時，他們真年輕啊，河北會堂的新一屆簽約作家會上，他、桑獻凱、鐵凝、何申、談歌、何玉茹、張力勤……，散會後這些大名鼎鼎的作家，是小作者的我們追逐的對象。陳超和桑獻凱尤其矚目，他們都是高高的個子，清癯的身材配以咖啡色皮夾克，格外精神！我還記得那天到門前集體合影，我第一次跟陳超說話，他說他是搞詩歌評論的，小說也關注，少。

後來，就是鐵凝還在的一次西山文學座談會，那次會議規格之高、人數之龐大，印象特別深。因為在去時的中巴車上，陳超率眾弟子，就坐在我的後排。他們說的所有玩笑話，我都聽得清楚。路過一段冒漿的泥路，牌子上好像寫著「因為管湧，抱歉」等等。陳超低聲重複著：「管湧，管湧，管湧了！」——他的弟子們就笑。

會上，有鐵凝的發言，她追述自己小作者時對一聽（一罐）北冰洋汽水的記憶；陳超講，他對文學的思考。當他說完，認真傾聽的鐵凝對他剛才好像漏掉的第二點提出了問詢，陳超補充。在鐵凝面前，很多爺們兒都是躬腰塌背的，陳超不，他永遠平靜著臉，笑盈盈，對大作家是，對小作者亦如是。會上會下，沒有人不喜歡跟他討論。

後來，開的會議多了，跟陳超熟悉起來。他對所有人都親和、真誠，遊覽參觀時，我見過他跟李靜討論；零七年全國青創會，陳染去他的房間送書。就是去年年初，徐則臣來河北講課，陳超和何玉茹坐在下面，一直到整個上午聽完。會議間歇時，謙遜的徐則臣一再說：「有陳老師在，我都不好意思講。」走廊裡大家抽煙、休息，陳超還談笑風生……

按知識、學問，我應該叫陳超老師，但奇怪，最初叫了幾次「陳超老師」之後，再說話時，彷彿去掉後面兩個字，談起來更便捷、高效、簡單。他也直呼我的名字。有一次出版社出版我的長篇，封底要找幾個大評給來幾段，其中一個，我想到了陳超。他聽了我的要求後，不辭辛苦，擔當受累，沒用多長時間就把書讀完，發來了簡評。並鼓勵我說：「曹明霞，妳寫得真是挺好。」

還有一次，時間跨了世紀，冬天。那次文學會是簽約作家們換屆，會上有很多新相識。飯桌上，大家開心熱烈。我記得自己穿著笨厚的大毛衣，帶著侄女，陳超說：「這孩子長得像姑，非常地像。」軍區離家近，晚餐後我們湧向電梯，等電梯的間隙，大家依然開玩笑。我說：「這麼多年，我最佩服的人，就是陳超了，心儀已久。」這幫人就起鬨：

「擁抱一下，擁抱一下。」這有什麼不敢嗎？眾目睽睽，雖然我穿得又笨又傻，但表達愛慕、敬仰，對這樣一個眾人均喜愛推服的人，我來代表廣大女文青、女人民，有多丟臉嗎？陳超坦蕩真誠，呵呵笑著給了我一個大大的擁抱——所有人都開心，致以熱烈鼓掌。

一切，都像在昨天。

上週末，也是大雨，雨把天都下黑了。我收拾很多舊東西，屋子小，不扔就太擁擠了。手稿，扔。留存的小說備份，扔。當翻到舊照片，各個時期的集體合影時，九六秋這張上面，陳超坐在第一排，最右，眼鏡後的目光智慧清癯……。記得陳超離開後，我曾說：「陳超勇敢，選擇了這樣的方式。」身邊的人說我虎。我還說：「陳超偉大，多少人如我輩，營苟偷生，他卻真正視死如歸。」身邊的人說我飆。我還說：「陳超了不起，輕輕一躍，就永遠活在了藍天裡。」身邊的人說我每一句話，都缺心眼兒。不管虎啊飆啊還是缺不缺心眼兒吧，這都是我的真實感受。有多少行屍，多少走肉，甚至禽獸不如，豬狗不如，都不去死，都在頑強地禍害這個塵世，而陳超，他，這樣一個人，一個大寫的人，傑出的人，卻，輕輕地，就走了。

在瑞士，有個民間助死組織，叫「出口」。對那些對生命有要求、講品質、活好了、活飽了的人來說，可以由這個組織說明。要先成為會員，繳一定的會費，在你活夠了、活累了的時候，得到一個安妥的，甚至是幸福的，「好死」。這個好死，包括你提前多長時間，就做好了準備，把想幹的事幹完，要了的事了了，然後和家人共進晚餐，做最後的告別。然後，平靜地，無痛地，結束肉體。那樣的組織，在我們的國度不會有，因為我們的文化，一直是好死不如賴活。

關於死亡，伏爾泰說野蠻人完全不懂自殺是因為厭惡生活，這是有思想的人的一種文雅。周曉楓則演繹得更為通暢：「只有高級生物，才可能產生自殺的困惑，他們注重感受、精神靈魂。」「脆弱者和堅強者自殺的區別，一種是對壓力的屈從，一種則是反抗。」「所有宗教都是反對自殺的，它們威嚴地警告：自殺者永遠不被允許登上天堂的臺階。因為宗教的最高位置，坐著神。」「自殺，也是對死亡的充分意識。」

陳超用佛家的話，是往生了。每當看到他的信息、照片，或者心中想起他，我心底冒出的第一句話，常常是：「陳超，你好啊。」

——曹明霞寫於二〇一五年秋

小說到底怎麼「說」

前幾天清理舊報刊，賽珍珠在諾獎儀式上的演說，是一份列印稿——十多年前應該是從網上列印下來的，細看過。如今再覽，很多話像沒讀過一樣。同一份東西，不同的時段年齡讀，竟是這樣地不同。

賽氏對中國的傳統小說有著非常細緻的梳理：「小說在中國從來不是藝術，作為藝術的文學只為文人所獨有……。中國文人在話語權上占有著絕對的優勢，他們的強大甚至使皇上也畏懼，因此皇上設想出一套利用他們自己的知識來控制他們的辦法，即科舉晉升。那些極其困難的考試，差不多要耗盡人的一生思想和生命，這些人忙於記憶和抄寫那些死的東西，無暇顧及也看不到人民群眾創造了小說……」

小說的語言就是老百姓的家常話。夜晚，百十人的村子，只有一個識字的，他來讀，聽的人邊編席子，邊獲得精神愉悅。他們心甘情願地，往他的帽子裡扔幾個潤喉錢，也是對他耽誤了織布編席的補償——小說的價值，在這裡體現。

但有話語權的文人們，依然不承認小說，這使中國有可以和世界上其他國家相媲美的偉大作品，卻一直不知作者姓甚名誰。《紅樓夢》、《金瓶梅》莫不如此。那時，文人們無視百姓，百姓也反過來嘲笑文人。身材瘦小，腦門突出，兩腮無肉，雙目無神……，這是中國小說中的秀才形象。賽氏說文人們不待見小說，是中國小說的幸運，也是作者的幸運！

賽珍珠離開中國時，是一九三四年，那時還是舊中國。而今不同了，小說不但是文學，也是藝術。作者們更不必隱姓埋名。那些有話語權的秀才們，成了各級管小說的大官兒。進入作家協會的作者，再也不會像曹雪芹那麼窮了。有幾年的時間，為了也能吃上這碗省心的飯，我東施效顰，朝秦暮楚，寫的不是老老實實的小說，而是跟風轉，希望像另一些人那樣好運。有一陣，還差點給自己起個蘭陵笑笑生的筆名，我當然寫不出偉大的《金瓶梅》，是怕單位的頭頭們又知道我在寫小說，小說讓他們自作多情地對號後果很是嚴重……。我一邊端著單位的碗，一邊看著作協的鍋，努了幾年力，勁也沒少使，終是不行。業餘寫作，就漸漸進入了死豬不怕開水燙的廣闊境界。那一時期，中篇小說〈士別三日〉、〈婚姻規則〉、〈婚姻往事〉、〈滿堂兒女〉等，這些講述老百姓自己的故事，都是我的有感而發，真摯的感情。晚報的連載，讀者的喜歡，相當於村民們給我扔了茶錢。

我工作了二十年的地方，是一家戲曲單位。戲曲生產的方式一直沿襲著文革十七年那樣，有人寫本子，領導抓，研討，弄錢，排戲。演出時，前排中間領導（領導的範圍很寬，有省委書記，也有縣文化局的科級股級，視演出情況而定）就坐，餘空兒，皆由大家的親戚朋友填滿。夏季裡，光腳丫子的，露大膀子的，老頭老太太、亂跑的小孩，吃東西，打手機，滿地果皮。空調不達溫時，一鍋人肉味——二十年來，我是眼睜睜地看著這支隊伍的萎縮——沒有編劇，沒有劇本，演員練功的也很少，觀眾們，始終是演員不花錢的親戚。而幾十年不變的，是流水的領導和吃評委飯的專家。專家指導戲曲指導了近七十年，終於，把戲曲給指導死了，沒人看了。

賽氏說，人民才是小說的土壤和陽光。任何門類的藝術，都大抵如此吧。近些年，只要有時間，我的心情閒暇了，就老老實實地寫那些心中的小說。《擊鼓傳花》、《革命》、《日落呼蘭》等，都是這一時期的作品。中篇小說〈時光倒流〉，亦是這種心境下的寫作。

小說到底該怎麼寫？什麼樣的小說才算好小說？好在，這一味精神食糧，不是由一個人說了算，也不由權力最大者說了算，它取決於眾口、人民。

寫作累了去公園

腳下有路　黑夜有光

——臺灣行

前不久與女友去臺灣，共同的感受是這裡的街道、車站，太乾淨了。街道包子鋪前的下水口，沒有慣見的垃圾，也無蒼蠅。火車站和地鐵內，竟有年輕的姑娘白襪席地。我們對臺灣的朋友說，這裡真乾淨。他們則搖頭，說：「我們不算乾淨，日本，日本才乾淨呢。」

下車的當天是一吳姓小夥子接機，他三十五歲，尚未婚，一頭乾淨的頭髮清清爽爽。普通話，交流起來沒障礙。我們問到這裡的工資、房價，知曉天下房產一般黑，臺灣的房價也咬人。落地，休息，六點鐘一個叫佳怡的姑娘，和另一羿珊女孩，準時到酒店，帶我們去附近的捷運認路，吃小吃。海鮮、牛肉麵、焦香的豬排……，整場下來佳怡姑娘吃得一聲不吭，一點動靜都沒有。因為她們吃得太斯文、太有教養，這使她們的速度遠遠落後於我。女友也是個講究人，一口好牙決定了她的吃速和品質——既無聲息又飛快。記得那個很會演講的金正昆曾說：「外國人笑話中國人吃飯聲音大，那麼，我們就挑戰他們，招待留學生的第一頓飯，是大碗的北京炸醬麵——唏哩突嚕，汗巴流水——他們想不出聲都不行啊，想不冒汗也做不到啊，攪拌，吞嚥，這種飯就是這麼個吃法——文明是講條件滴！」

幾天的行程因為從容，慢慢走，慢慢看，一路上女友都在嘖嘖，感嘆，欽讚。在沒有外人的時候，我的吃相幾次被她欲言又止，眼鏡後面的目光，力求溫和又是極恨鐵不成鋼。尤其到佛光山那天，山上那麼乾淨的餐廳，營養搭配的膳食，我依然吃得快，那個紅紅果肉的水果太好吃了，非常甜。女友淑女般地停下來，微笑，然後很淑女地給我示範，我則不以為然：又沒有外人。

晴朗有雲的天，我們隨蔡主編、伊庭姑娘，看了臺灣大學，傅斯年墓。大學的校園自不必說，開放式的。蔡主編介紹：「能考入這所大學的比例，跟妳們北京的清華一樣難。」而身邊的伊庭姑娘，就是畢業於這裡。閒聊中，知道了不但這裡房價也高，工作更是極為艱辛，每個人的每一分錢，都是辛勞所得。像我們這樣的「公家」單位，大鍋飯，幾乎一家沒有。如此，也就練就了每個人的真本事。打過交道的幾個小姑娘（哦，叫小姑娘也許並不準，她們三十出頭未婚的特別多，先立業，再談婚，包括前面的那個小吳，他們都是把婚姻看得很重，很有前瞻，不瞎結，也便不亂離），佳怡的每一次通信、聯絡，包括她做出的文案、路線圖，事無巨細，周到嚴謹，挑不出一絲毛病。我曾想，倘若將來真的放開了出版，很多行業，會被人家撞個稀巴爛。

那裡的書，用紙是可以平攤的，柔軟，堅韌。字裡行間，幾無出錯率——這是我們幸運地在爾雅書房看到的。爾雅出版社的老闆，是作家隱地先生。二十年前，女友就追慕這位作家，因為讀了他的〈遠近台北〉。我則對這個名字幾次翩若驚鴻。春天時看完王鼎鈞的全套作品，知道了爾雅與王鼎鈞的關係。隱地的夫人林貴真，也是位作家。她從教師崗位選擇了早退休，一心一意幫著丈夫經營爾雅書房——文學書香，讓這位七十多歲的老太太像個小姑娘——栗色童花頭，光著腳丫穿坡跟的鞋拖，雙肩背。路上，我們去吃飯時，對我的驚奇，她咬著耳朵說：「我是這樣想的，女人，任妳怎麼打扮，也不會有人硬拉上妳問：『女士，妳到底多大了？』所以，我們怎樣開心就怎樣打扮。」

隱地先生更是有魅力，風度翩翩。君子、儒士，這些曾經字面上的字眼，在他面前，變得活生生，知道了就是這樣，原來如此。我們是第一次拜訪，約定的那天，隱地帶著攝影師，在出版社門口相迎。中式棉麻的上裝，裡面是白白的襖領邊，下面那條褲兜兒很多的褲子，讓他和夫人一樣年輕，又瀟灑又有活力。餐敘時，他掏出手帕擦嘴，這一古老動作，讓女友愛死了隱地老師。在回來的路上，在我們後來閱讀完他的作品中，「隱地」兩個字，成了不知不覺就討論起的話題。女友說隱地老師的君子風，所有女人都會愛。讀他的書，和他們相處，你會覺得活著是那麼美好的一件事情。

在隱地《清晨的人》裡，林海音、席慕蓉、王鼎鈞、白先勇……這些熠熠生輝的名字，點燃了燦爛的文學星空，隱地說：「要用有限的生命，種一棵無限的文學之樹，現在，他們成了森林……。」隱地說：「人人都有困境，來讀一首詩吧。」他還說：「我喜歡平靜的生活，但絕不希望腦子裡的那一片海，是一潭死水。」如今，互聯網時代，人人都在手機屏上滑來滑去，隱地說：「人人都成了演員，已經沒有觀眾。」

是啊，微信、微博，人人自戀，人人表演，人人拿手機當舞臺，在上面演，在裡面看，書香，可能真的是離我們越來越遠了。隱地預言，用不了多少年，人類的出版，將像農具一樣陳列在博物館。後人們會指著那些書，說曾經的先人，就是這樣閱讀的。就像我們今天看到的竹簡。

行前，和出版公司的宋總見面，他對紙媒還抱有一定的樂觀。在一定時期內，他相信內容為上，品質為王。宋總年輕，得體的襯衫別著兩枚漂亮的袖扣，他對未來的謀畫和暢想，讓女友欽佩。中間，出版公會的楊會長打來電話，祝我們順風。楊會長祖籍河北滄州，四九前夕父輩那一場漂流，他成了島上人……。如果不是因為出版，我這輩子可能都不會到臺灣，小學時課本上留下的印象，讓我沒有到這裡來看一看的願望。沒有感情，也沒有興趣。現在，走過，看過，知道了。

回來月餘，低效、無效的現實，常讓我們對那裡重溫。商場的東西便宜，貨真。食物乾淨，基本放心。有幾次問路，和我們並不同路的他們，竟下車，隨著我們走出好遠，直至把我們送到地方。自由遊逛時，熱愛探險精神的女友，她去看101大樓，我則西門町、新光三越。在臺南，利用晚上的時間去剪髮，一段路較黑，我問一女子剪髮的地方，同時擔心會不會有人搶包。那女子笑了，她說：「不會，不會的。」當我剪完髮，回程時，她竟騎著摩托車在等，後面坐著她的弟弟或是兒子？那是一所學校的門前。她問我：「沒事吧？妳的頭髮剪好了嗎？路上安全吧？」

很感動。

暗夜中的天使。

若干年前，我還在北方的一家工廠，那時每天對著窗外，心中是對文明的無限嚮往。圖書館、咖啡屋，沒有人對著我們抽煙、吐痰……。然後，省會，現代工業，窗外永遠像一塊灰抹布的顏色。特色，體制，公權，單位，人際關係波詭雲譎……。走在自由廣場，看天空彩色的雲，回想林語堂那雅靜的故居……，這，不就是我們一直在尋找的光嗎？光明，光亮，光華。想起更早紙上相識的女作家敏如，她會幾種語言，文章寫得極好，那份訓練有素，不時透出的，濃濃的人文關懷，對世間好歹的愛憎……，雖未謀面，可是我跟她學到了太多的東西。她簡要地描述過她的工作、生活。因為平淡、平和，她說她寫小說都苦於沒有素材。「文章憎命達」，我願意過那種「沒有素材」的輕鬆生活。

黑夜捱久了，人們會渴望光。

囚籠困久了，誰都嚮往自由。

荒原，苦苦跋涉的人們，一定期盼腳下，能走出一條路。

我，亦然。

——寫於二〇一五年冬

讀《宋美齡傳》有感

《宋美齡傳》中的宋美齡，除了是一個富有、漂亮，常去戰爭孤兒院抱抱難童的蔣夫人，同時，還是一個心腸冷硬、作風果敢的女政治家。當佛蘭克林請教她：「夫人，妳們中國會如何對付像路易斯這樣的工會領袖？」時，蔣夫人沒有說話，而是舉起她漂亮的小手，到自己的喉部横著一劃……。羅斯福看到了這一幕，他跟夫人埃莉諾討論蔣夫人時說：「確實有著迷人的笑容，但她的心性也夠殘忍。」

反對者說：「蔣氏夫婦是最大的投機者，他們帶領腐敗、墮落的政治機器，不恤人命和中國福祉。」白修德感嘆蔣夫人：既可以像女大學生一樣賣弄風情，慧黠調皮，也可以像女舍監一樣吹毛求疵，事事都管。他認為她是一個兼具了嫵媚與惡毒的女人。

宋氏兩姐妹，因為信仰的不同，在哥哥子文去世時，美齡前去弔唁，飛機上聽說二姐慶齡也正前往，她立即下令調頭，回飛。從此姐妹終生都沒再見。

政治、政權讓她們六親不認，翻臉無情。

還有，從前的印象是四大家族仰仗蔣介石的權力而生，豈不知，一九二七年在孔祥熙的家宴上，當蔣介石得知自己是受邀者之一時，激動得在地上走來走去，對夫人陳潔如說：「妳我終於有機會跟這位大人物同席吃飯了，太妙了！」

也由此，陳潔如穿的廣東縐紗白衫遭到宋家姐妹的嘲笑，靄齡竊語，說陳「只能做個中產階級的家庭主婦，哪裡配當新科領袖的妻子？」並一手策畫了配得上新科領袖妻子的人選——妹妹宋美齡與蔣介石的婚姻。

漢娜是個出色的傳記文學作家，她通過精準生動的語言、細密詳實的脈絡，多角度地記錄了宋美齡一百零六歲的一生。讓二十世紀的中國歷史紋理，不動聲色地，蘊藉其中。

為了忘卻的紀念

在女性文學裡，我記得《羊脂球》、《紅字》，還有《安娜・卡列妮娜》。相比於安娜高貴的死，我更同情「羊脂球」和「海絲特」艱難的生。安娜為了愛情義無反顧，決絕而從容；而「羊脂」們呢？她們似乎還顧不得這些，飽暖思春，富貴有閒，林紅、林靜她們，還在為生存掙扎，為飽暖屈辱。所以，她們還無暇享受愛情。

見過一個偉大而卑微的女子，她曾經有著如花的容顏，在她的命運裡，她也有過海絲特那樣的畸老男人，有著「羊脂球」一樣為別人犧牲的經歷。她是她家最小的女孩，她愛姐姐，愛父兄，愛一切她身邊的人。可是，沒工作、沒文憑、沒有任何社會地位的她，為了愛，成了集人類不幸於一身的標本。她的存在，好像就是為了品嚐苦難，承載屈辱。寫這篇創作談的時候，我又翻看了一遍《紅字》的序言，裡面說，小說揭露了十七世紀殖民統治時期的黑暗和殘酷。如今已是二十一世紀了，時光穿越了五百年，林靜、林紅、林大山、林小寶，還有那個服毒的母親，他們這樣的一群人，依然活在我們中間。他們是我的親人、鄰居、故鄉。我紀念他們，疼惜他們。

幸福人生

十幾年前，和文學院的一位同行在採風時閒聊，他說：「人這輩子，最應該搞好的，是家庭關係。因為人的一生，一多半的時間都是在家庭中度過的，家庭關係如果搞不好，人的大半輩子，都不會幸福。」

應該搞好是一個問題，搞不搞得好，是另一個問題。誰不希望人生幸福呢？

這些年，我陸續寫了一些探討婚姻倫理的小說：〈婚姻誓言〉、〈婚姻規則〉；〈婚姻往事〉是第三部——裡面的大姐亞傑，在旁觀者看來，她肯定是不幸的。因為她的一生，就像牛馬，牛馬一樣在生活。她要不停地幹，不停地忙。按說這份勞苦與犧牲，應該換得親人的愛、親人的疼；可是實際生活中，總是大家不喜愛的角色。幼年時，她是家中老大，弟弟妹妹一大幫，她每天要像婦人一樣照顧他們。因此她的學，上得打魚曬網。成績不好，老師不喜歡她。家裡活兒幹不好，母親喝斥她。當然，受的這些氣，她要轉嫁到弟弟妹妹頭上，背他們時，她常常不經意間倒提著他們的雙腳……。青年時期，嫁人了，因為能幹，她嫁的是個廠長家。權貴家庭，她的身分基本等同於保姆。比保姆更辛苦的是，她要在伺候公公，伺候婆婆，伺候丈夫，甚至伺候小姑之餘，還得上班。她的班上得也不好，領導看不上她，同事瞧不起她，後來下崗，淪為個體戶。

然後就到了中年、老年。

兒子成長起來了，在她身上，踐行了現代女人的「三綱」——從父，從夫，從子。只是她從得並不甘心，跟兒子、丈夫也有鬥爭，鬥爭的結果，她敗。比如跟丈夫如何難過，她也不會離婚的，在她的觀念中，離婚是女人的恥辱。催促兒子結婚時，兒子問她：「有錢嗎？」她報的數兒不能達到兒子要求，兒子就冷冷地說：「那就不結了。」

她認為兒子到了結婚年齡卻不結婚，也是大恥，是丟人，所以她借錢也要讓兒子結婚。而兒子的奢華和貧窮的她形成鮮明對比，她卻不覺得寒酸，不覺恥。

親戚同情她，她不接受這份同情，她大聲說，她好著呢，兒子幸福，她就幸福。

家醜不外揚，也是幸福。

而〈婚姻往事〉中的二姐亞明，她從小就受母親的嬌慣，雖然她很自私，很不願意幹活，但她受到周圍所有人的喜愛。老師喜歡她，同學熱愛她。長大了，因為貌美，也嫁得權貴。常規，她也是要當好人家的保姆的，伺候丈夫，帶好孩子，孝敬公婆。可是，因為亞明，她不受了。在權衡這種關係中，她寧為玉碎，不為瓦全。絕不苟活出有車、食有魚的生活。當然，經過了她自己的打拚，她也過上了輕裘寶馬的生活。人人都羨慕她，兄弟姐妹，更是敬她三分。因為她有權力，能幫助家人渡過一道又一道的難關。在大家的眼中，她無疑是幸福的了，卻不知，她從不覺得自己幸福。在家人眼裡，這是好日子燒的。當面奉承，背後說她精神有問題。更多的人相信，只要有好吃好喝，日子就是幸福。

兩相對比，勞苦的大姐不受人喜愛，自私的亞明卻一直受人尊崇，想起榮格那句話：「這個社會只獎勵成功，不獎勵品德。」民似螻蟻皆昏噩，只拜強權不拜德。還有李叔同八歲時就跟乳母習誦了悟的《名賢集》：「高頭白馬萬兩金，不是親來強求親。一朝馬死黃金盡，親者如同陌路人。」

追求幸福的過程中，人生是悲哀的。

我內心還是比較喜歡老三亞光這個人物，「歷盡苦難而心懷慈悲」。也像王小波說的：「雖然年老，亦不苟活。」

不苟活的人生，應該是幸福的一種。

傅雷在《約翰克里斯朵夫》譯者獻辭中有一句話：「真正的光明絕不是永遠沒有黑暗，只是永不被黑暗所掩蔽罷了。真正的英雄絕不是永遠沒有卑下的情操，只是永遠不被卑下的情操所屈服罷了。」

寫這篇〈婚姻往事〉創作談的時候，窗外是冬日的霧霾。記憶中那清潔的大雪、純正的冬天，已經非常遙遠。這部作品能得到更多讀者的喜愛，被選載，與更多的讀者見面，這份幸福，讓我的靈與肉，踏實而溫暖。

——二〇一三年十二月二十一日星期六　石家莊

誰在養活我們

上篇

若干年前，不足六歲的我，被母親叫到跟前，讓我和三姐背靠背站在那兒，母親用手比來比去。她怎麼提三姐的肩，整理她肩上的衣裳，三姐還是矮我半頭。母親嘆息著說：「四兒，妳姐的奶都讓妳吃啦，她該上學了，可是她長得還這麼矮，學校會有人欺負她的。妳就跟她就伴兒，一塊上學吧。」

坐在課堂上，無論是語文、數學，我都聽不懂。數學課那個有著山東口音的班主任，她老是說，「我給你們舉個栗子（例子），舉個栗子」，兩隻手擺弄來擺弄去，又是土豆又是蘋果的，我一直納悶兒：她的手上從來沒有土豆、蘋果，更沒有栗子，可她為什麼總是說舉栗子呢？

讀到高二時，父親面臨最後一班的退休。那天，天氣很晴，母親把我叫到二姐的身後，讓我和二姐背靠背，差了六歲的我們，個頭是一樣的。母親用眼色跟父親說：「大賢，已經有婆家了，再接班，掙了錢也是給人家花；二源，長得好，找個對象是不愁的，用不了半年一載，也要結婚；老三，這個一陣風都能颳倒的小三兒，她能幹得動活兒嗎？再說了，她學習也比四兒好，四兒就是個傻大個兒。小四兒今年剛十五多點兒，離找婆家，還遠著呢。就讓小四兒接班吧，她能給家裡多掙幾年錢。」

父親像個言聽計從的昏官，不住地點頭：「妳決定，妳決定。」就這樣，我由智商不足提前進入了小學，到尚未成年又一次提前走進了社會。

我成了一名童工。

貯木場的作業是露天的，女工、男工都一樣，抬木頭，歸楞垛，裝火車。最輕的活兒要算倒木料了，圓木破成方條，捆成捆，兩人一組，螞蟻一樣從一個地方，搬運到另一地方。主要是給木料換換場地，通通風。每當分組的時候，車間主任剛發布完任務，話音未落，那些有經驗的女工，會「嘩」地一下把我閃開，她們不和我對視，不接受我「同組」的邀請，而是非常默契地，眼皮都不抬，就兩人一對，湊好了。實力和實力組合，個頭和個頭相當，她們快速去搶運自己的一百捆定額，主任說了，早幹完早回家。

剛才熱鬧的場地，一下子剩下了我和另一女工，她叫曲紅，個頭特別矮，但她很有力氣，是她不嫌棄我，將就了我。她默默地，把勞動布工作服，捲成一個磚頭狀，放到肩上，既防護重壓，也兼墊起一點身高，因為我們相差得太懸殊了，一高一矮，拉鋸一樣扭扭歪歪，像相聲演員的滑稽出場。木料的沉重讓我們步調難以一致，坐在楞垛上休息的工人，不斷地發出笑聲。

十點多，太陽還沒有完全升起來的時候，那些力氣可以和男人匹敵的女工，就幹完了。她們歡快地脫下勞動布工作服，哼著歌兒向家趕了。我和曲紅，蜜蜂一樣用我們細細的腰峰，卡著那死沉的木料，這樣做，是為了加快搬運速度。當我們把一百捆定額倒完，兩人不約而同地跑向了木板房釘成的女廁所，我們都感到了腰峰的疼痛。打開來，她看看我，我看看她，我們同時看到，那裡一片瘀青。

半年後，曲紅的父親把她調到了機關當服務員，每天給領導打水掃地，這是我們所有女工都羨慕的工作，它相當於今天的祕書，白領。曲紅離開了我，也給我樹立了目標，我也要離開這裡。

晚上回到家，我開始複習地理和歷史，死記硬背所有文科的東西，背到後來，哪道題在哪頁，我都記得清清楚楚。一年後，我以文科第一的成績，考上了小興安嶺一所職工大學，儘管那個專業並不是我所喜歡，可是天天坐在課堂上，看書，學習，跟要命的工廠比，這不是地獄和天堂嗎？

畢業後，因為我在報紙上發表了一些文章，「這個姑娘愛寫字兒」，「這個姑娘很有才」，聲名遠播。回到家鄉，回到廠機關，那時，我是廠裡唯一的大學生，廠長讓我在企管科，寫品質報告，到辦公室，寫半年一年的工作總結。那時打字機還是鉛印的，我可以在整本的稿紙上，同時複寫出三份材料。右手的中指都頂出了繭。寫字速度很快，這為後來的寫小說打下了基礎。

那時，北方的木材如南方的毛竹，砍不盡，用不完。在我們這裡，長年住著調木材的南方人，當地人稱他們「老客兒」。老客兒手裡有玉，有麻糖、花雕酒什麼的，住在廠子的招待所，招待所的婦女，免費給他們洗衣服、縫被子，他們常常把準備送給廠長的玉雕什麼的，也送給服務員。曲紅後來由掃地打水的女工，轉成了招待所的固定服務員，她時常能收到老客兒送的土特產。

每個月，老客兒的主要目標，是運走這裡的木材，火車皮，裝圓木的貨列，黑隆隆像一條巨龍。老客兒最開始手裡拿的是香煙，一節車前的檢尺員發一根，恆大煙捲兒，笑臉，客氣，一節車皮的體積、水分，就搞定了。後來，水漲船高，一盒煙都不夠意思了，老客兒乾脆空著手朝前走，在他兜裡，是成沓兒的人民幣，邊走，邊從裡邊抽，老客兒的手指很有準頭，他想塞給檢尺員幾張就是幾張，接到好處的檢尺員們，立即變得目不識丁了，他們會把八十號的圓木，在本上記成二十號，二十號的成材，寫成枝丫。一火車檢下來，拉走的是金山，可是帳本上累計的也就是幾百米的朽木啊。

這樣的情形持續了三十年，河東、河西，原始森林就真的變成小枝柴了，有的地方已經光禿禿。廠長和局裡的頭兒們跑了幾趟北京，跑得很成功，國家可憐林區人民，一下子撥款幾千萬，扶植林區開發新項目。廠長去東德、西德轉了一圈兒，回來果然發回一車皮的銅鐵，廠長告訴大家，攢起來，這就是生產刨花板的機器了，枝丫子、碎木屑，往這傢伙的肚子裡一倒，突突突突，再出來的，就是一張張刨花板子！神奇呢。

我們的日常工作，是跟隨廠長到車間，廠長看板子合不合格，基本不用尺量，也不化驗，他直接用指甲，在板子上摳一摳，再用手撚一撚，有時也放到嘴裡嚐嚐，說：「嗯，還行，不算太酥，出吧。這板子就合格了，可以出廠了。」

下午的時候，男同事們因中午用撲克賭資湊了酒局，喝得比較高興，有的回家躺著去了。沒走的，老老實實趴到桌子上，睡覺。嘮閒嗑、打毛衣的，就剩下了我們三個人，老芳、小艾，還有我。

小艾是技校畢業，技校畢業的女學生，成百上千，都分到了刨花板車間。製板的甲醛把女工們嗆得像一群辦喪事的悲苦婦人，揪鼻涕，抹眼淚，不斷地擦。工作上半個小時，她們就會撒謊請假上廁所，廁所在車間外面，大木板釘成的，通風。出來一趟，透透氣，好受了不少。

離開車間，離開甲醛，離開飛機般的轟鳴機器，是所有女工的夢想。而實現這份夢想的，只有小艾一人。

小艾肩負的是打字員工作，沒有字可打的時候，她和老芳一樣，織毛衣，嗑瓜籽，偶爾，也去廠長辦公室，幫助廠長整理一下內務，衛生。小艾的長相絕非天香國色，可是她嘴巴特別甜，心眼兒也很多，非常會處理人際關係。她跟財務科長，相處得像親兄妹；銷售科長，有點像老鄰居；而一把手，一支筆批錢的廠長，則完全是父女了。望著小艾持一把條子走向廠長的背影，打毛衣的老芳會停下來，咬著牙根說：「看吧，又撒嬌去了，小娘們兒。那可是她買大衣的票子，買大衣都開成了辦公用品，報銷，妳說這樣的廠，能有好兒？早晚得倒！」

老芳的預言沒有錯，我們廠果真在幾年後，全盤倒閉，這是後話。只說老芳嫉妒小艾，她也不甘示弱，她的工作是管全廠女工的計畫生育，老芳東施效顰地也開出一堆白條子，到廠長那裡簽單，不知為什麼，她拿去的是單據，回來的是滿走廊的碎屑，好像她一生氣，把那些紙條都撕了。

老芳不能變紙條為人民幣，她就在免費避孕藥具上做文章，她把成箱的安全套扣下，不發給正當年的青年男女，而是送到小藥店，以五五分成和藥店對半。後來有人捅給了廠長，廠長臉都氣青了，痛喝她：「妳知不知道，妳整兩個錢兒事小，廠裡如果冒出一個計畫外肚子，所有的扶持基金，全完蛋！」

廠長後來還想拿掉她的計畫生育工作，可是話沒說完，老芳就一屁股坐到廠長辦公室的地上，說：「光行你們放火呀，我點個亮兒都不行啊！」——老婦人的哭嚎可比小女子的嚶泣瘆人，廠長被她的醜陋驚呆了，老芳還揚言，如果真拿了她的工作，她就去廠長家吃住。她的大膽設想真把廠長嚇住了，廠長揮揮手，說：「好，好，妳接著幹，接著幹。」

老芳破涕為笑，班師回朝了。

車間出來的刨花板，越來越像餅乾了，又酥又脆。有個跟廠長有一拚的副廠長，說：「什麼東德、西德，先進設備，一堆爛廢鐵嘛，冤大頭嘛。幾千萬的人民幣，打水漂兒了。」

雖然這樣，全國房地產熱開始升溫，到處都需要建材，這些「餅乾」也成了搶手貨。南方老客兒又像當年調木材一樣，到我們這裡調刨花板來了。他們不再用火車，直接用加長141，一氣兒拉回南方，省得各個關口扒皮。這些桃酥一樣掉渣兒的刨花板，供不應求，那些老客兒冒著被廠長家大狼狗掏腿的危險，去廠長家送禮，銀行取出尚未打捆的人民幣，拉桿箱搬。他們的目標，就是請廠長批條，批給他們貨，早裝車，早運走。耽誤了天，開發商那邊就是損失一桶金啊。

有工人奇怪：「這麼酥的板子，不禁水，也不禁壓，弄去它們有什麼用呢？」

老客兒說：「現在全國都成了建築工地，全國人民都等著住新房呢。十三億人，一家一間，蓋到下個世紀，都蓋不完。你們就『突突突』地幹吧，別說『餅乾』，就是『餡餅』，也不愁沒人要。」

但老客兒的教導落空了，沒到二十一世紀，我們廠就關了門。廠長還被檢查院，黑吃黑，給反腐了。全都抓起來拿錢才放人。據說有一個副廠長很有鋼兒，他對辦案人員大喊：「你們他媽的，就是狼吃不敢管，狗吃攆出屎！」

下篇

因為我的創作成績，作為人才，我調到了一家事業單位。我是帶著朝聖的心情，走進這家藝術殿堂的。這裡的男女，得有多高雅，這裡的領導，該多有文化。肯定不會再像我們從前的廠長、愚昧的同事。女人們也不會像小艾、老芳，爭風吃醋還蜚短流長。對這裡，一切的一切，我都起敬起畏。

工作了一段時間，我有些納悶兒：當年我們廠，機器再廢鐵，還是要出產品的，工人要靠幹活吃飯。而事業單位，幹事業的，天天都在幹什麼呢？我把我的疑問，跟資料室的劉大姐請教了，劉大姐心直口快，她說：「幹個屁！研究個屁！」

劉大姐的話肯定是氣話了，研究屁，輪不到我們，那應該屬於生物學範疇。我們每天，似乎只是紙上談兵。再研究也研究不到屁上去。劉大姐說完也笑了，她說：「我說她們研究屁，都是高抬，實際上，她們屁都研究不出來！」

劉大姐的話讓我慢慢有了體驗。在我們單位，確實沒有多少正經事兒可幹，全體人馬，長年的任務就是泡劇場，湊規模，那偌大的劇場，光坐著領導是不行的，光有演員在臺上比劃，也不像話。落滿灰塵的一排排椅子，要由我們填空兒，補位，占滿。臺下沒有買票的觀眾，除了演職人員的家屬來捧場，餘下部分，必須本系統職工來承擔。很多時候，我們坐在角落裡，看不清，也聽不見，可是我們要不時地鼓掌，助興。散場時起立，拍著有韻律的節拍，等著領導接見演員，握手，合影，留念。

出了門，黑黑的夜，冷冷的風，有時是騎著自行車回家，有時運氣好，領導高興放話兒讓全體人員打出租，回去集體報銷！

白天的工作，就是經常討論了。煙霧的會場，論資排輩式地發言，那些資深老專家，說話都很有技巧，一般的時候，他們不緊張，也不害臊，即使沒看過作品，也絕不張口結舌，他們會說：「剛接到通知，準備倉促，隨便瞎說兩句吧。」「那我就瞎說幾句吧。」他們在謙虛的東扯西拉中，完成了專家式的發言。而我們這些連「瞎說」也沒資格的，只奉獻耳朵就行了。開始時，大家還侷促、緊張，能躲就躲，能拖則拖，有時實在被逼得不行，非說兩句不可，也只能拾人牙慧，三拼兩剪，人云亦云一遍。

等我們下到各市縣劇團，就由劇場的小癟三，直升為專家大佬了。「省直專家」，接待方一直這樣恭敬地叫我們。我們有吃有喝，吃飯不花錢，住宿不花錢，白天遊山玩水，劇團派專職人員陪同，晚上劇場的座次，也是當地最高領導通常的位置：不前不後，聽得清聲音又不吃灰塵。第二天是聽意見，開研討，走馬觀花地看了一遍，草草鸚鵡學舌一番，那些老專家的那套，我們也學會了，調子基本是一致的，表揚，表揚，再表揚，好吃好喝了這麼多天，不唱幾句讚歌難道要給人家添堵嗎？就算批評，我們又能批評出什麼？戲曲這個沒落的行當，真正的專家尚不能回天，我們這些浮在表面的小蝦小蟹，更是應聲蟲了。連回去寫文章，格式化的三段論都有了，開篇敘述一下該劇劇情，交代點排戲背景也可以。中間再回溯此戲排演的艱難，結尾來幾句高調兒鼓勁的話，什麼「不忘初心，甘於清貧」什麼的，最後，也別忘了顯示高明地提一點「瑕不掩瑜」的意見，反正文章寫得多臭，都有我們自己的刊物發表。看戲了，說意見了（雖然那些意見一文不值），廣告式的文章也發了，扛些土特產，就回來了。

曾有一個特別貧困的縣劇團，他們帶著劇本，開著車，一行團長、編劇諸多人，來我們這「聽取省直專家意見」，據說他們那裡長年風沙滿天，春天的時候，沙塵會一層一層埋到屋頂，居民的房子成了沙丘，羊兒們沒草吃，尋尋覓覓，走上沙丘，正在屋內做飯的婦女，聽得「噗哧」一聲，不結實的屋頂漏進一隻羊蹄，隨之，是嘩嘩的黃沙……

那天，坐在會場裡的每個人，之前都大概地翻過了劇本，充當專家，對劇本發言，也是任務。幾十號人，輪流來。有些人手裡沒有寫好的稿，只能磕絆應付，說不出新東西，基本是學那個說得不錯的老專家的意見。整個會聽下來，像一張嘴放了二十多遍錄音。劇團的人說著感謝，說有收穫。中午飯時間到了，請大家別走，集體吃飯。

這個沒錢的劇團不但拿出錢來請「省直專家」們吃了一頓大餐，還每人發給一兩百不等的紅包（只要坐在會議室裡的，人頭有份兒）。那天我沒有去吃飯，事後有人捎給我一百塊錢，有好長時間，我心裡都不是滋味。我憑什麼，接受這一塊百錢呢？我會上說的那幾句無關痛癢的話，值這一百塊錢嗎？我們是省直的，他們就必須勞民傷財地大老遠跑來，聽我們的意見？具體到個人，我們真的比他們高明？如此興師動眾，高成本，如果這個團是個人的，從個人的腰包裡拿錢，他們還會不會，這樣做？

熬年頭，混日月，臉熟即是專家，位置即是專家，只要熬得過年頭兒，初級、中級、副高、正高，一路下來，都是專家。「專家」的名頭，已經成爛白菜了。

我們的刊物，每期發行不到三百冊，一些時候大家連稿簽都不會簽，幾年下來，幾乎沒有了自然來稿。可是每期，刊物照樣塞得滿滿的。印刷，贈閱，送也送不掉的部分，過一段，落滿灰塵，就兩毛一斤賣掉了。

我們單位還有一個男「老芳」，男老芳是研究整理戲曲地方志的，他長年生活在辦公室，做飯，洗衣，有時還燒好了開水，一壺一壺往家提，他家就在離單位不遠的地方。「愛占小便宜」，很多人對他瞧不起，他家裡確實困難，兩代人，住老式兩居室。男老芳長年累月地工作，就是把那些發黃的資料，抄過來，謄過去。過幾年，紙朽了，再來一遍。在這種循環往復中，他要簽一些報銷單據，紙和筆呀，墨水呀，還有跑鄉下查考的車馬費等。每當領導看到他，都像突然牙疼。曾跟心腹說：「老東西，到了五十九，就讓他退了算了。」

男老芳是在五十九歲那年被勸退的，誘以的條件是他可以繼續住在辦公室，繼續使用單位的水和電。辦公室不變，只把門牌兒摘下，換到另一個門楣上。反正辦公室多得用不完，換換牌兒，倒個空吧。

一任一任的領導，一茬一茬的官僚，性格不同，脾氣有異，執政方式就輪番改變。缺錢的，讓大家獻計獻策，改變單位窮困面貌，不要等著要一口，吃一口，天天死待著。

我的主意是把辦公室合併，空出些房間租出去，開源；或者讓大家輪流放假，別來單位耗著，也省下不少的水電費，算節流。領導沒採納我的建言，他聽從了一個大學生的妙計，大學生是學經濟的，腦瓜靈，他說：「咱們編大典呀，大典，大系，哪一個弄出來，都是實實在在，又看得見，也摸得著，還有錢。編出來了，出版了，上面也有成績，肯定支持。」

這一招果然厲害，編典確實給錢，叫課題經費。有了經費，就出書唄。一本本，磚頭樣厚。所有參加幹活的，都有份。校對、編輯，他們不按字數發錢，而是按看稿的遍數，再乘以字數，來付薪酬。

多少受過編輯培訓的我，看到帳單，忍不住笑了。

開源、創收，還可以搞點大賽，省級單位，有這個資格，也有權威。地方戲大賽、京胡大賽、梆子大賽，全省廣告散發出去，報名的人非常踴躍，他們來自地市縣鄉，需要獲獎，需要證書，除了職稱評定，他們還有進到省級劇團的夢想。參賽費一百元，多門類報名，可以優惠。那些資金雄厚的，真的同時報了兩個，甚至三個。而純是個人愛好的，只能很心疼地，交上一百塊錢，過把癮。

具體賽事，非常簡單，單位的會議室裡搭上幾張桌子，坐上幾個評委，腦門上沒貼貼兒，演員們也不知道臺上坐著的都是哪路豪傑，一律恭敬地叫著老師。場地不用花錢，評委也不算貴，除去買些獲獎證書是成本，郵寄是成本，剩下的，差不多全是利潤了。

有一段時間，我曾特別苦悶，如果說當初死記硬背，是為了上大學，脫離苦海。後來，當我讀了一些書，對精神生活有了美好的感受後，在我心中，是升起了理想的。那個理想，就是過文明、進步、有趣味的生活。我看過一個女出版家的故事，她的名字叫方李邦琴，是華裔美國人，她和丈夫，辦報刊，出版報紙，無論是品質還是發行，都做得非常成功。他們的刊物，就是大家的精神樂園，裡面充滿智慧、思想，和高貴。一本刊物，能影響、團結、帶動了那麼一大批人，真了不起。我曾建言，我們要約稿，約好稿，我們要編輯，認真地編輯；待刊物出來，要精心地給每一位作者寄樣刊，寄稿費，一個都不要落下；我們要專業起來，遵守一些編輯的起碼規則。只有這樣，我們才能進入良性循環，不至於哪天突然全體下崗，而這些人又沒有別的謀生技能。

我還說，我們的編輯應該開闊眼界，不斷學習，讀書看報，而不是天天來到這裡空坐著，白白浪費時間。我們是事業單位，大家應該有點知識分子的事業心，而不是家庭婦女，蜚短流長……。那一天，我的建議沒被採納，可是說下的那些話，成了炸彈扔進糞坑——激起公糞（憤）了，全民公敵，一下得罪了很多人。

年終的時候，單位就進入評先進、選優秀的更忙碌狀態，那些平日並沒有多少工作可幹、一杯水嘮一天的人，唸起總結，也能一二三，四五六，長達五六頁。領導的述職，高屋建瓴，直接跟新聞聯播掛鉤。聽著聽著，我常常走神兒，我很憂愁：再過幾年，所謂的事業單位，會不會像當年的國企那樣，因為沒有效益，因為虧空，財政擔不起這筆巨大的開支了，而關門走人？

我還想，我的大姐，她當年沒有接父親的班，現在連下崗工人都不是。知青，大集體，然後大集體失業。她們沒有社保，沒有公費醫療。她掙的每一分錢，都含著高稅，都是她的血汗。她常常跟我說：「四兒，看妳們多好啊，天天什麼都不幹，就拿工資，頂多開開會。而我們，唉，黑爪子掙錢，白爪子花啊。」

大姐的話讓我難過了好長時間，是啊，不創造價值也就罷了，有時，我們還在浪費、糟蹋。有多少人在過著寄生的生活？那兩毛錢一斤的廢報紙裡，包含著多少大姐她們的血汗？沒日沒夜，還衣食有憂。我們這些不勞而獲的「白爪子」，在怎樣喝大姐她們這個「黑爪子」群體的血？

每當開會，開那些大而無當、忙而無效的會，我都會枯坐那裡，冥思苦想：這個龐大的體制內隊伍，我們這些坐著的人，大家知不知道，是誰在養活我們？

是大姐，及和她一樣的千千萬萬的勞動婦女。

是她們，她們在養活著「我們」。

那些英勇的靈魂

大約十年前，一個偶然的機會，我看到了一本故鄉地方志。其中的有些內容，超出了我的理解和認知。志書編纂水準不高，有很多錯訛，但那些引起了我疑惑和興趣的事件，讓我欲罷不能。隨即，圍繞那段歷史，我翻閱了大量資料，其中一本還是日本人寫的。在那些書裡，我知道了當年不僅日本軍人占領了我們的國土，他們還有成千上萬、上百萬的百姓，源源不斷運來，到這裡生活，開疆拓土，叫「開拓團」。土匪、山林隊、地下黨、國民黨，多股勢力，互相較量。當時的山林隊，也叫抗日力量，最薄弱，因為他們沒槍沒炮，連基本的衣服、糧食，都要靠搶。尤其冬天一來，山上沒有吃的。資料裡一件讓我難忘又揪痛的事件，是這樣的：

懷孕婦女勇救山林隊員——一天，在一個叫前屯的地方，一名婦女正在屋裡的炕上做針線，她已懷孕八個月了，大肚子坐在那兒窩得兩腿像團著一個球。剛入冬，北風把窗戶紙颳得嘩啦嘩啦響，忽然，屋裡衝進一個人來，破爛的衣裳和打綹的頭髮，讓這名婦女一下就判斷出他的身分：抗日山林隊。這人叫了一聲嫂子，婦女認出了他，是後屯老金家的老小子，朝鮮人。聽說他在山上打游擊。他的慌張表明後面有追兵，婦女跳下地，想把他藏起來。可是來不及了，另外的喘息和叫喊也已衝進屋。金小子跳上後窗臺，窗臺很矮，女人擋過來，蹲著的他和站著的婦女一邊高。這名婦女急中生智，抓過一隻大笸籮，盾牌一樣擋在了胸前——盾牌是草桿兒編的，兩梭子子彈，又是兩梭子，追進來的人對著笸籮狂掃，他們都不是日本人，是幫日本人打中國人的當地武裝。窗戶上的人影消失了，女人被打成了篩子，她癱散在地，腹中的胎兒球一樣滾落出來……

這是中國的版圖上一塊叫東北的地方，二十世紀三十年代，那裡曾有過十四年，是日本人說了算，皇帝叫溥儀，他們的地盤兒叫「滿洲」。我們把那段叫「偽滿洲國」。這個偽國家的建立到滅亡，前後十四年。歷時不算長，卻死傷無數。有先烈，有無名無姓的百姓，也有，像這個婦女一樣無聲無息的懷孕婦女。

「勸君莫言功名事，一將功成萬骨枯。」最近，家裡的暖氣特別暖，而去年前年及至大前年，連續幾年，交了高額的暖氣費，每天，卻凍得穿棉襖縮著身。打物業電話，他們永遠是那句「再加點錢，通通管道。」不然他們也沒辦法。而今年，同樣的管道，卻忽然熱得可以開窗戶，這樣享福。心下奇怪，忽見晚報新聞，鄰近的社區，那些為了暖氣而勇敢的鬥爭者，上街人，他們找物業理論，對他們的偷竊手段，吃拿卡要行為，現場曝光，大聲吵鬧。他們的維權行動驚動了本市高一點的領導，高一點的領導對低一點的持權者，下命令，下了死命令：「哪個再敢偷卡暖氣，再惹老百姓上街，不論大小，立摘烏紗！」

掀烏紗管用。不但抗議的那個社區，許多社區，都暖了。

我們這一片兒的冬日生活，也不再那麼寒冷。

每天晚上，坐在不冷的房間，可以伸出手來讀書，可以靈活手指地打字，心下無限感激，感謝那些勇敢的人，那些英勇的靈魂，前有烈士，後有星光樣的勇敢者，是他們，使我們過上了幸福生活。

第四單元

舊時光

美容

半年前，有個表姐對我說：「咱們美容去吧，不花錢。」

半年後，她又對我說：「妳怎麼還不去做美容？又不要錢。」

在這半年裡，表姐數次向我普及美容知識，推薦護膚產品。有時是在路上，有時是在電話裡。有一次，在她又誇獎了我的膚色，表揚我的年齡時，我知道她接下來就會說：「這樣的『底子』做美容絕對是錦上添花。」我搶先打斷了她，我說：「妳以後別再跟我說美容了，我從前不信，現在看了妳的皮膚，就更不信了。人類的衰老就如同她的年齡，是無法遏止也不可能抗拒的，從秦始皇到武則天，都沒能長生或者駐顏。什麼護膚品，也不可能把八十老嫗，變成十八的紅顏。」

表姐聽了我的話，狠狠地批評我不相信科學，還舉了好幾個有名有姓的實例，來說明美容可以駐顏。儘管這樣，那天由於我直截了當地反科學，她給我上美容課的時間，比哪一次都短。

有一天，大中午的，特別熱。因家裡急需一件東西，我騎上自行車，就去了商場。沒想到，在這裡，我竟相遇了表姐。

表姐說她沒什麼事兒，就陪我到家電部，買了插座。然後她要我幫她，去參謀一件裙子。我們乘著電梯樓上樓下，裙子還沒看到，轉眼之間，我們來到了商場的六樓：桑拿美容中心。

表姐說：「太熱了，咱們先做做美容，消消汗吧。」

看我猶豫，表姐說：「我有卡，咱倆都不用花錢。」

她邊說邊拉著我走了進去。說：「正好，中午人少，空床多。咱們一起做吧，反正妳等著也是等著。」

一位小姐上來，體貼地把我摁到床上。

包頭，淨面，打磨沙。小姐的十個手指，潤滑的魚兒一樣在臉上遊弋開來，說心裡話，感覺還好，一個人的臉能被這樣的十個手指親密，也是一種享受，舒服得很，想睡去——可是，才幾下，小魚兒就不游了。

小姐說：「這位大姐，做過美容嗎，今天是第一次吧？」

我告訴她，做過一次，因不舒服，就沒有再做。

小姐說：「看妳的膚色，多好，這樣的活兒，我們都愛接，因為『底兒』好。不出仨月，保管妳年輕十歲，孩子都不敢管妳叫媽了。」

「孩子多大了？」

我閉著眼睛沒有回答。

小姐開始給我上面膜，然後她自問自答。

她說：「現在的女人，都想開了，捨不得吃，捨不得穿，可是都捨得美容，因為臉蛋最重要啊，有了好臉蛋，老公喜歡，上級（司）看重，同事也都願意和妳打交道。」

小姐還說：「現在的女人，可不再犯傻了，有了錢都知道高消費，美容是大家的首選，花多少錢都值得，多少錢能買來女人的青春啊！」

我從眼睛的縫隙，看清鄰床的女人，大熱天，還穿的是那種叫尼龍加底的襪子，裙子也很破舊，露著裡面同樣破舊的褲衩。看她腳下的包，我猜想她的身分可能是個女會計。難道這就是女人消費上的首選美容嗎？

小姐還舉例說：「在我們這兒，有一個五十多歲的老顧客，她都做十年美容了，誰見了她，都猜不準她的實際年齡。沒有不羨慕她的。」

「唉，她來了。」

我睜開眼睛，看到一個有一米七高的大胖子，躺到了我隔一個床的鋪位上。看得出，她是熟客，因了自己的財大氣粗，她很放得開，回到自家一樣仰在那。為了涼快，她的頭髮剪得直逼板寸，使人從後背辨識她的性別，很費力。

天啊，我看到了她的兩隻腳，她兩隻腳的腳趾甲，又長又髒，好像從來就不曾修剪。一個連個人的基本衛生都做不好的女人，卻長年包月美容，太不可思議了。

我閉上了眼睛。

小姐繼續說，她說她們這的美容，是免費的，不要錢。但是，要在她們這買產品。小姐說著，把一張印有樣品的廣告，塞到了我手裡，請我看看。她介紹說，買一盒，也就是單項，二百元，若買全套，則優惠，五盒才九百八十塊錢。

我沒有表態，這使小姐在給我卸面膜時，手上和嘴上的速度，同時加快了。她加速的推銷使她的唾液好比剛才的噴霧，襲向我的臉，可我還是非常麻木。這就使小姐更加地著急，她不得不舉出一個也許是無中生有的例子，她說有個女人，已經來做三次了，每次都說是來試試，每次都說自己沒帶那麼多錢，每次都說下次來補上。可她到現在，一盒產品都沒買過。「她就是來占便宜的！」小姐說。

我坐了起來，我說：「這種占便宜的女人固然討厭，可妳們喋喋不休地把唾液都噴到了人的臉上也很煩人，為了不讓妳誤為我也是來占便宜的，我買妳一盒產品吧，算妳沒白說這麼半天。」

小姐高興地拿來了一小盒保濕霜，收完錢後說：「謝謝，歡迎以後繼續使用我們的產品。」

我出門時，小姐還說：「下次若能帶個人兒來，給妳八折優惠。」

「帶個人兒」，我就是表姐今天帶來的「人兒」。明白過來，我的心裡終於一陣輕鬆，從此，表姐再也不會跟我說美容了，她已經完成了她「帶個人兒」的任務。

我想起一位心理學家說的：到美容院的男女，男人是因為無聊透頂，女人是因為空虛至極。

我還想說，如今的美容，有點像傳銷，是專門騙熟人的，還有一些公款消費的，再有就是缺心眼兒的傻大頭。

美容，不美。

「非典」可怕，生活可笑

知道SARS的危害，還是在新聞媒體每天對死亡數字的公布以後。此前聽到的，是非典沒什麼可怕的，只要心態好，精神放鬆，就會有免疫力。儘管這樣，一時間人們仍戴著劣質的口罩，白天搶購那些已經發黃變爛的菜葉，晚上跑去公園，扭來扭去拚命鍛鍊身體，其中一些人的動作很像精神病，特別駭人。我想起書上的一句話：「多數的中國人都對肉身的生命異常依戀，想活下去的念想比任何民族的人都來得強烈。人的一輩子好像就是為了伺候自己的肚腹而活著，這其實是挺可怕的。」

因為怕死，民眾們突然特別聽話，專家說祖國中藥可以防治「非典」，那些陳年的草根兒便轉眼告罄。但是沒有病的人都紛紛喝藥，而且是上億人同喝一帖藥方，遂有人腹瀉。專家又說，西藥胸腺肽的免疫力很強，人體提前注入可以增強體質，防病抗病。一時間又忙壞了火車站的貨運處，富了一大批西藥商。

最初的日子裡，打得起胸腺肽的人，都是一些錢勢很大有一定級別的人，像部隊，只有師級以上的幹部才用得起這種藥，地方，也是公檢法稅務銀行這些有錢的部門。而一些沒有執法權力的窮單位，根據上級指示精神，也就是給職工發點消毒液之類。後來專家又說，其實什麼藥也不如身體健康，多做戶外運動，參加體育鍛鍊，打打羽毛球什麼的。很快，人行路上都是打羽毛球的人，行人走過，要低頭，聳肩，側著身子匆匆躲避羽毛球拍兒的誤砍。

一段時間下來，對SARS病毒本身，並沒有什麼慌亂，倒是人們湧來湧去的生活態度，給本就擁擠的生活，添了更多的彆扭和混亂。比如：最初幾天，進出社區有了方便。因為專家說，待在家裡最安全。一連幾日，馬路清爽，樓門口的地上沒有堆積著人，無論是回家還是出門，如入無人之境，再也沒有大眼小眼的瞪著看，舒服。可是才幾天，進出樓門又不方便了。因為專家又說，戶外活動最有保障。密集的樓棟裡，人們就突然地傾巢出動了。回家時低著頭匆匆穿過，滿眼除了男人的光腳丫子，就是女人肥壯的腿，還有滿地大小便的狗。人們都跑到戶外來堆著，社區裡更壅堵了。

工作秩序打亂了。編輯部從前的校對是印刷廠按時把校樣送來，現在，客貨車不得進城，被卡在一段段的路口。要他們做各種體檢，辦各種證件，成本之高，時間之長，使他們放棄了進城。跟我們電話商量，用特快專遞寄吧。可是結果，特快專遞一點都不快，因為紙製郵件也須消毒。時間近一週，我們才收到校樣，加班加點看稿，對完寄走。刊物

出來，謬誤多多，比盜版的圖書錯誤率還高。因為為了省些郵資，往返的郵寄中，只有校樣，未附原稿

人們有病不敢說了。辦公室裡，誰都不像從前那樣懶洋洋地說，渾身痠痛。有幾天我病倒在床，全身一點勁都沒有。可是到了工作日，一定要強打精神，把不好看的臉色塗得稍顯鮮亮，去上班。不敢請假說病了，是什麼病？要確診檢查的。誰都不願意自己被救護車拉走一通招搖。雖然我不怕瘟疫，可是我非常害怕自己是瘟疫嫌疑人。

總之，SARS病毒的流行，使我們的生活捉襟見肘，漏洞百出了。看電視畫面上，婦聯組織的一批婦女站在中山路兩旁，人手一盒非常高級的面巾紙，伸向行人，意思是供行人吐痰使用，免費的。在大批底層的百姓粗糙的衛生紙尚捨不得使用、也還用不起的今天，用面巾紙來供行人免費吐痰，不知當鏡頭拍過後，那些伸著的胳膊，還能伸持多久？

「戰勝非典」，就像幾十年前戰天鬥地的口號一樣，不但大而空，而且愚昧狂妄。我對此是悲觀的。SARS病毒的流行不會是突發的，就像人體裡的癌細胞，它一定是潛伏了很久，時間到了，肌體的病程走到了這一步，它就不可遏制地爆發了。我們的生態環境，我們的生活環境，已經像被螞蟻蛀空了的樹，百孔千瘡。幾句願望式的口號，是無力回天的。只有肌體的徹底死亡，病程才會結束。病程結束了，也才會有新的開始。

孩子為什麼頭疼寫作文

二十多年前，上小學四年級的時候，老師給我們留的作文題目是〈難忘的一件事〉，因為事先老師唸了一篇範文，大意是一個孩子放學回家，路遇盲人，他想到了雷鋒叔叔，就跑上前去幫那個盲人帶路，直到把這個盲人送回家。結尾是：雖然我當天回到家已經很晚了，讓媽媽著急，作業也沒寫完，可是這件事讓我回想起來，覺得特別有意義。

第二天交作文的時候，差不多全體同學都是活雷鋒，有幫老大爺的，有幫老奶奶的，還有幫叔叔阿姨的。千篇一律，同學們在集體撒謊。

到了五年級，正趕上中國的對越自衛反擊戰，老師給我們留作文的要求是給前線的解放軍叔叔寫一封慰問信。老師說大家要好好暢談，你們長大後的理想，當然是當解放軍了，然後要鼓勵解放軍叔叔奮勇殺敵，並保證你們會在後方刻苦學習，以優異的成績，迎接他們的歸來。

那一次作文老師說一個少交的都不行，因為這是態度問題，思想問題。把我和一些同學難的呀，整整一個晚上都睡不好，即使想像每次那樣，瞎編一通，可是除了寫上「敬愛的解放軍叔叔」，就再也編不出一句話了，實在是無話可說，更不知從何說起。後來是我的哥哥幫我找來兩份報紙，我才在上面抄下了一些豪言壯語口號決心，才算完成了任務。

那一次的作文真是太痛苦了，我本來是想長大當一名電影上那種漂亮的女特務，可是偏偏在作文裡硬憧憬那留著小短髮、一點都不好看的什麼女戰士。

這樣的作文真是不好寫啊。

到了初中，肯定就是〈一件小事〉了，這是魯迅先生惹的禍，他的〈一件小事〉，弄得幾代人都要在作文裡寫「看出一個小我來」。同學們的作文基本又是一次全體假模假式懺悔：「通過這件小事，我看到了天地間一個小的我。」

二十多年後的今天，我的孩子在她的作文裡，也通過一件小事，在結尾處寫上「看出一個小我來」。天啊，時空已經跨越了二十多年，二十多年後的語文教學，還是這一套，真是太可怕了。仔細想來，是因為我們沒有自己的語言啊，試想一個沒有語言的人，你硬讓他說話，這不等於在逼啞巴開口嗎？

記得九七年香港回歸，學校給孩子留的作文題目是〈暢想回歸後的祖國〉，那一晚上孩子愁得啊，她說：「我最恨的就是寫作文了，媽媽，妳幫我寫吧。」說實話，我都幫不了她，我也不知道怎麼暢想。暢想未來，勾畫藍圖，這似乎應該是國家的事，讓一個還不到十歲的孩子來暢想這些，肯定是勉為其難了。別說一個孩子，就是我這工作了多年的一個社會人，又能暢想出什麼呢？這情形又使我想起中學時，老師在課堂上唸的一篇範文，題目是〈我站在立交橋上〉，那是一篇激情澎湃、豪情萬丈的文章，作者是個北京的小姑娘，她可能真的站在了立交橋上，她的那個眼光啊，胸懷啊，高瞻遠矚，簡直就是世界之巔。儘管那時我連立交橋是什麼樣都不清楚，沒見過，可是她的暢想，又成為我們那一時期的仿文。記得當時老師說：「咱們沒有立交橋，咱們就寫家鄉，歌頌祖國的大好河山。」結果，那一批的作文，我所生活的窮鄉僻壤就成了世外桃源。其實那時我們每個人的志向都是趕快離開這裡，到更遠的地方去。

香港回歸，暢談香港；澳門回歸，展望澳門；臺灣還沒回來，可是學校的老師已經多次讓孩子們寫手把手和臺灣小朋友共度新年了。用作文來緊跟形勢，起新聞和報紙的作用，這，大概是用錯了勁，也是孩子頭痛寫作文的原因之一吧。

——一九九六年夏

無法體驗

去年春天的時候，一個朋友來電話說，她跟書商聯手，正要出版一套女性系列的書，其中一本是《女囚的故事》。她說一本書打算容納二十個故事，讓我有時間先去跟女囚接觸一下。

那時我也正想找一塊未知的領域體驗生活，就萌生了去監獄的想法。當我和同事說起，他說他爸爸是一個女子監獄的前政委，剛退下來，估計帶我去看看的面子還是有的。這樣，我們就約定了時間，乘車來到了女子監獄。

一路上，這個退下來的老政委講了很多鮮為人知的監獄生活。他說媒體上的監獄不真實，儘管是藝術地再現。

老政委的話讓我很愛聽，我說我今天來，也不是帶著官方的任務來給警察寫表揚稿的，我是想能親自跟囚犯們聊聊，我想要的是她們的真實生活。

當我們來到這家監獄的行政機關，突然明白，多數人印象中的監獄可能和我一樣，都是從電視上獲得的：肅穆、莊嚴。而實際到了這裡，那破舊的走廊和懶散的工作人員，和其他一些行政部門，沒什麼兩樣。

新政委對他的老政委和我，都很客氣，他讓辦公室的一位小同志給我們泡上茶水，然後就熱情地介紹起他們的工作。他談了目前監獄的管理之難，缺資金，少經費，犯人們越獄的手段和技巧越來越高——他說到這，我打斷他問：「女犯們敢翻越那帶電網的高牆？」

新政委說那倒好辦了，關鍵是她們用的是腐蝕幹警的手段。他說儘管如此，他們通過多種形式的教育，現已取得初步成效。比如減刑率，現已出現一個新的百分點。然後他熟練地報出了一組組數字，那個辦公室的小同志拿來了一摞報表。

時間過去兩個小時了，這位政委講的內容都是我在報紙和電臺就可以獲得的信息。我又一次打斷了他，說：「您可不可以帶我們見見犯人？」

他有點發愣，用眼睛詢問他的老政委：我介紹得還不夠詳細嗎？

老政委說是：「這樣的，曹同志今天來，主要是想了解一下女犯們的故事。」

新政委馬上就笑了，他說：「啊，是這樣。」他說囚犯的情況我們的這位同志最熟悉，讓她來給你介紹好了。下面還有一個會，我要趕去參加一下。

這位政委就走了。

過了一會兒，給我們介紹犯人情況的小同志說，政委來了電話，說聽她介紹可以，直接採訪犯人，是違規的。除非有哪個哪個部門的批示。

小同志給我列了一串省市行政部門的名稱。在那堆名稱裡，除了作家協會我知道，剩下的一個都不認識，有的部門都沒有聽說過。

那天趁小同志去廁所的工夫，老政委對我說：「咱們走吧，今天看來是不行了。」回來的路上，老政委沒有再說什麼，看得出，他很沮喪。

為了安慰他，我說沒事，等我有了那些手續，再來。

可從那兒回來，我就給朋友回了電話，說那本書別計畫我了，我沒有採訪成。

其實生活到處都是，我們就生活在生活之中，所謂體驗，只是對未知的領域進行的一種了解和掌握。現在，我沒能了解監獄女囚的生活，我就放棄了那二十個故事的寫作。今年以來，我在我熟悉的領域，寫了很多凡俗人生，這些日常的煙火，都市百姓的故事，感染了很多普通人。這樣，也挺好。

——一九九九年文學院創作談

男人不爭春

近日看電視劇，數女爭一男的故事屢演不衰。一個頻道一個頻道地換，一個頻道一個頻道的劇情都在演繹兩個或三個女人明爭暗搶一個男人。就連編排得較精緻、內容情節也讓人過得去的《藍色妖姬》，也沒能逃過這一路數。公允地說，這怨不得男編劇、男導演們的自戀，在我們的生活中，現實裡，確實是自從結束母系社會後，就沒再上演過更新鮮例外的故事。

雄性不夠分配，大家都來爭搶，不是今天才有。從李甲騙十娘至回家維持原配，到陳世美棄香蓮要攀皇姑，底層的娼妓也好，深宮的皇姑也罷，女人要想完全獲得一個自己心儀的人，並能廝守一生，是一件比較難的事。女人一生的命運，幸與不幸，似乎從來就沒有離開過婚姻和愛情。也就是說，女人的幸與不幸，跟男人有關。

書上說：「女字是象形文字中一個側身的跪姿，她姿態優美，線條柔軟……，女人這個字眼兒蘊含著悲劇的味道。」

女性的悲劇從表面上看，是跟男人有關。但深究原因，就不能把帳全算到男人頭上，要找市場供求這一深層因素。用市場經濟學的觀點來分析，雌雄比例也是一個大市場，供大於求還是供不應求，哪一方多了，哪一方自然就貶值。曾經有一個姓辜的老頭長時間地在考慮「一把茶壺配幾隻杯子更合適」的問題，這就是當時女性過多，供大於求的證明。

風調雨順的世間需要陰陽平衡，太極圖上那兩個黑白對錯，緊緊咬合的兩條魚兒，就說明了這一規律的重要性。可是，從封建時代的妻妾成群，到現今屢禁不止的二奶、三奶和小蜜，都在表明這世間，男女的比例從來就沒有平衡過，男人太少，一比一的比例分配，鬚眉一直處於緊缺，這才導致了無論是生活裡，還是文學藝術作品中，總是一幫女人哄搶一個男人的局面。

是男人太出色嗎？是男人好得讓天下女人都為之傾倒嗎？不是，西門慶、李甲、陳世美，還有整天躺在炕上抽大煙的辮子男人，到如今那些肚大頂禿的油膩男，哪一個是讓女人愛得放不下？可哪一個身邊不是桃紅柳綠，姹紫嫣紅？從人性的角度看這一問題，最接近的解釋也就是女人們退而求其次，聊勝於無吧。所以無論是《西遊記》裡的爭吃唐僧肉，還是《紅樓夢》裡都搶寶玉的情，究其原因，都是男性太少的緣故。

在《西遊記》裡，爭搶唐僧的已經不只是人了，就是那些妖魅，都競相地追逐。她們難道是真的要把唐僧逮住，活活蒸了吃掉嗎？顯然不是，你沒見每一次唐僧被妖婆們逮住，都是要先把他洗巴洗巴，讓他獨自安寢一會兒，歇息一下，壓壓驚。如果要是真的想吃他，人一抓住，剝巴剝巴吃了不就完了，哪用得著費時費力，費那麼大的功夫？所以吃肉是假，而把唐僧洗乾淨，將養數日，能請他上床，過男女的日子，才是真，才是女妖們爭搶他的目的。那個女兒國的國王，在表情達意傾盡了愛慕之心也依然擋不住唐僧離去的腳步時，她多痛苦哇，那最後的呼喚：「唐僧哥哥，唐僧哥哥！」——譯過來就是：「帥呆哥哥，帥呆哥哥，你別走了行不行？別走了哦，那破經有什麼取頭兒？我們女兒國裡沒有男人啊，你跟我們過日子行不行？」

紅樓裡呢，一個寶玉全府的女人喜歡，愛著。就連差了輩兒的，也都不惜亂倫要和寶玉親熱雲雨一番。這不也是陰陽比例的失調造成的嗎？

女多男少，供大於需，不論多美麗的女子，要想一生能獨有一個男人，獨屬於自己的，都是一道難題。沒有誰能給很好地解決過。別聽什麼女權的口號喊得響，就是最有權的皇帝，面對這一難題，他也只能大概地處理：年齡偏大的、較老的，發送尼姑庵；年少的、家裡養不起，歸妓院。剩下的，正當年華美貌的，才留給自己。再剩下的，社會上那些零星兒單蹦兒的，就由稍微有錢的人家、達官、富賈地主們，給收去當丫頭了。

女人太多，都剩了下來，究竟是什麼原因呢？是不是封建時代允許男人當太監，他們貪慕榮華，閹了自己，都跑去宮裡了，致使一部分女人就多了出來呢？還有可能的原因，就是戰爭，戰爭把男人變成炮灰，有去無回，又使一批批女人閒了出來，成了寡婦。再有，就是抓壯丁，修長城，長城使多少女人成了望夫的孟姜女？也許正是因為這些因素，封建時代才有了一夫多妻制，不然，按一對一的比例分，根本不夠，恐怕會有許多女子，一輩子都嫁不成。

新中國成立，堅決實行一夫一妻制，娶不上的，那些懶漢醜男，甚至性功能不全者，也都有得分，分地主的小老婆。表面上看，這個問題解決了，似乎家家都很平衡，而實際上，沒過多久，巨大的失衡又突現出來。

鼓勵生孩子，不限制地生，生一個還獎給五塊錢。雖然當時已過了刀耕火種的時代，可人們還是願意多生男娃，男丁壯戶。每一家的生育史，都是不生出男娃不算完，而且多多益善。為了生男丁，有多少人家已經有了七仙女、八姐妹了，還要繼續生，直到見了男娃，生不出為止。女性越來越多，男丁越來越少，而這時，解決性別比例失調的辦法，也不像封建時代那麼容易，首先是尼姑庵沒有多少人願意去了，強送也不行，法律沒有規定；當然，妓院也不讓開了，名正言順地大量消化女人的場所根本沒有了，和它有點相似的夜總會、桑拿什麼的，也是今天掃明天抓，嚇得這些女人驚弓之鳥，滿天飛，飛到哪裡，哪裡都面臨同一難題。女人們不但就崗就業難，就是想安安穩穩地成個家過個日子，也難。有些等不及的，只能去當第三者了，結果也多是有始無終；而那些有權的男人，也想憐香惜玉，也想像皇帝那樣，把那些正當年華又無人可嫁的女子收留回家，親自解決，可是不行啊，法律不許，政府不讓。最後，他們也只能像那些做好事不留名的雷鋒一樣，偷偷摸摸，暗中相助了。

這一切被編劇們反映到文藝作品中，就是眾多女人糾結一個男人。叫都市情感劇。

風水是要輪著轉的，計畫生育，和一個叫B超的東西，終於打破了女多男少的局面，而且要出現大掉個兒，男多女少了。

因為B超可以提前監測，男留女溜，儘管失調的問題已經使女人們吃盡了苦頭，可是喜男淡女，重男輕女，男人女人都沒改變這一觀念。想生男孩就生男孩，現代科技已經完全可以做到這一點。放眼那一所一所的幼稚園、小學校，青一色兒的光頭小子是越來越多了，老師排座位，想一男一女搭配著坐，不成。光頭小子們和小丫頭的比例，是五比一。

由此是不是可以這樣設想，若干年後，男性會越來越多，而女性偏少甚至奇少，女男的比例是一比八或一比十，若還堅持一夫一妻制，就會有男人單傳都傳不下去了，有斷後的危險。不得已，男人們只好像曾經爭風吃醋的女人一樣，競相獻寵，幾個兄弟爭一個女人，涎著臉說：看看我，看看我怎麼樣？要不要試試？我很好，我什麼都行，我會洗衣服，我會做飯，我會……

到那時，時光，終於走完了一圈，人類，又回到了母系氏族社會。姓辜的老頭子考慮一把茶壺配幾隻杯子合適，這個理論女人們也支持，她們每天瞇著眼，躺在床上，看著桌上的湯盆兒，琢磨：這一個盆，是配八隻湯匙好呢，還是十隻更恰當，妥貼？

到那時，男人不爭春，只把春來報，已是懸崖百丈冰，猶有花枝俏。

——寫於二〇〇二年五月　石家莊

她們也是人民

女友是稅務局的，也愛寫東西，我們倆常在電話裡，交流一些寫作上的事。最近，因一位讀研究生的侄子，他下載了很多海外網，我試著在信箱上傳了一份稿，第二天就有了回音。我馬上告訴女友，我們並且在電話裡約定，星期天的時候，一道去她單位，好好查一查，最好能多查幾家電子信箱。女友的辦公室是寬頻，不但速度快，而且怎麼上都不用花錢。

星期天這天早上，天雖然晴朗，可是卻颳著好大的風，我帶著女兒，女友帶著她的女兒，我們從不同的兩個方向，千里迢迢，向著她的單位趕，為了上網，為了省下家裡的錢。

女友的單位我從前只是在外面看過，一座斷面呈三角狀，直插雲霄又危危要倒的高樓，非常地高，在這座城市，這樣外表的樓型獨一無二。樓的北面是綠色，玻璃鋼牆，藍天，白雲，可在牆上看見。

女友的辦公室，大得讓我吃驚，雖然她們是四個人在一起辦公，可是大得還是像個網球場，一臺桌旁一部電話，一部電腦，一臺惠普雷射印表機，電腦全部是戴爾的。我久久地望著窗外，全城盡收眼底，女友笑問：「憑欄遠眺呢？」

我說：「是啊，多少年沒有這樣遠眺過，也是多少年沒有這樣的地方可眺了。」

「妳要是進我們主編室看看，更得驚訝；妳要是進我們局長辦公室，就更——」她笑了，沒有往下來。我接上說：「怎麼？直接跳下去？」

我們都笑了。

我不捨地看著窗外這近手可摘的藍天白雲，女友鼓搗她的電腦，女兒和她的女兒，一起在這廣場一樣的辦公室裡，跑來跑去。身在九霄雲外的感覺，真好啊。我又俯看大地，地上，是一片片破爛的民房，全是灰色的。可是在身處這棟樓的下面，卻有一小塊綠，一小塊一小塊連成一片，非常規整有序的幾塊綠，星羅棋布，田地一樣。田地上的房子，清一色的墨綠，方方正正，草坪上的汽車，像玩具一樣，一輛輛地排在那裡。「完了，網壞了。上不去。」女友來到了我的身邊，也一起向下看，我們聊天。

「這辦公樓，太舒服了。像在童話世界。」我說。

「我們單位，司機都分了這樣的房子，兩室兩廳，一百多平方呢，水電、煤氣全是公家給出，就是電話費，也是單位代繳。在這裡住，一分錢都不用花。」

「那肯定有熱水了？」

「二十四小時，全天候。」

「天啊，這樣的房子，要是住進去，天天幹活都幸福。」

「最近，我們一個要退休的紀檢書記，說要走了，走前給大夥辦點好事兒，在西山那片，地皮都給買下來了，定金都交完了，蓋二層的小別墅，一家一棟，後來聽說有人給捅了，告，這事兒就先擱下了。書記說等等再說。先放放。」

女友接著又去弄她的電腦，我看著天上、地下，看得我兩眼淚花。

我久久地不敢轉身，怕眼淚掉下來，我想到了大表姐。

大表姐今年五十歲了，四十歲的時候，下崗，她又進了個學習班，學理髮。這個年紀的人，只能給老頭、小孩，還有民工們理，一個平頭兩塊錢，表姐每天早早地打開門，胳膊舉了一天，如果能有十個客戶，她一天才掙二十塊錢，稅務的來收稅，工商的來收稅，衛生部門，也要收錢。表姐說，她掙的每一塊錢裡，差不多一半都交稅費了，她說這個世界啊，真是黑爪子掙錢白爪子花！

長年的理髮，手指被藥水浸成了乾樹枝，可是她的勤勞、吃苦，沒能使她富足起來，日子還是那麼窮。可是若不幹，估計連飯都吃不上。

我站在大樓的窗前，浮想聯翩。前年，我曾去過一個銀行人的家裡，那小男孩是高中畢業頂父親進銀行的，也沒什麼太高的技能，工作三年吧，他們銀行蓋房子，他也分了一套，兩室，也一百多平，也是全天二十四小時的熱水，男孩說他們的福利，相當於一個處級幹部了。

是啊，我仔細想，周圍有多少人在拚命擠進一些所謂的「好單位」？這些單位不外乎是福利好，發錢多。可是，這麼多錢，是從哪來的呢？是稅，是收每一個老百姓的錢。那些握有權力的部門，只不過是他們手上的錢更多。

那一天電腦始終沒有修好，即使修上了，我也沒心思查什麼了，心裡怏怏的，只想早點回家。一路上，都替大表姐這些更受剝削的人，難受。因為，她們也是人民啊。

——寫於二〇〇〇年春天

這個女人很尋常
——小說《這個女人不尋常》後記

在我生活的宿舍，經常能看到一些邊走邊唱的女人，她們有步形，有身段，還有袖口下面擺來擺去的蘭花指。「可憐我數十年含悲忍淚，枉落個娼妓之名。」「帝王氣已盡，妾妃何聊生？」沒有京胡、鑼鼓點的清唱，那聲音更清洌、淒婉，讓人入心入肺。最初我以為她們特別敬業，在練功，後來一相熟的女鄰告訴我，「練什麼功，哪有功可練？都是下崗的。」

女鄰說，有戲演的，天天能在臺上抱著肚子唱的，並且唱個沒完過足癮的，也就是團長、副團長，別人，毛兒都沒有。

女鄰說的女團長我見過，《杜十娘》、《王昭君》、《霸王別姬》，專門喜歡排帝王將相、才子佳人的戲，她也確實過足了舞臺上后啊妃啊這些有權力的女人的癮。女鄰說：「過去她們叫戲霸，現在都叫團長了。嘁。」

女鄰只要遇見我，就跟我說起她們的團。她說按說吧，天天不排戲，長年沒戲演，乾待著，就拿錢，她應該感謝團長，沒有團長這麼厲害，從上面要來撥款，她們的團早像絲弦啊，梆子啊，關門家吃去了。是她們團長有本事，她們才都借光坐香油車的——可是，女鄰說可是，不知怎麼個勁兒，她就是難受，天天活得難受極了。聽鑼鼓點響起，她都想跳樓。

我想女鄰的難受，除了她沒有舞臺，她還有現實的窘困吧。她有丈夫，有兒子，丈夫扭了腰，就永遠地歇在家裡了，每天還要一頓酒。兒子上小學，回回拿回來的零分或不及格，也讓她煩心。她的老家在元氏，兄弟姐妹一大幫，只有她進了城，雖然早已沒戲演，可是家人都把她當成這個城市的市長，有事就來找她。夜晚的時候，她描著鮮紅的嘴唇，走出了大門，那些門口的老太太，對她的背影嗤之以鼻、嘁嘁喳喳。

人生有點類似一場運動會，女團長桃花們固然是成功的，但梨花長年奔忙，像個爺們兒一樣打天下，扛生活，也很悲愴。有多少所得必有多少付出，相反，有多少付出卻不一定會有相同所得，這是更多人的命運……，跑在第一的，永遠只有一個。梨花是呼哧帶喘跑著的女人，她本很尋常，可是她又不甘尋常，也許正是這些尋常而又不肯尋常的女人，才讓這人間，多了些心酸的熱鬧吧。

——寫於二〇〇六年四月八日　河北石家莊

第五單元

行萬里路

念去去千里煙波

讀過陳丹青的《無知的遊歷》，大意是說，如果你要到一個地方去旅行，預先做做功課，有所準備，再去遊逛，那大概是個幸福的旅程。他同時還說，到了某一個國家，望望天空，呆坐一會兒，這樣的旅行也常常更覺舒適。此兩點我都同意，在法國巴黎，塞納河、巴黎聖母院、盧浮宮、埃菲爾鐵塔，這些地方離得不遠，如果走馬觀花，一個下午也許都能看完。但我沒有馬不停蹄，坐在聖母院廣場，晚風，夕陽，閒看一會兒餵食鴿子的人們，確實很愜意。

二十天時間，巴黎─里昂─日內瓦─米蘭─羅馬─巴塞羅納─再回巴黎─里昂，地理位置上一點沒有繞遠，機票、火車票，經濟又科學。這是女兒設計的路線。一路行走，火車、飛機均是兩個來小時，看風景不疲憊，人體感覺恰恰好。飛機和火車的性能，也都非常好。短途，飛機是低

飛機上俯看地中海

空，可以看見下面海的清澈，陽光照透了海底，飛機的影子在海面，一會像飛鳥，一會像小魚。這是我乘坐了無數次飛機，第一次驚見的。火車的座位都是棉麻，適宜人體，有胖人的寬座位，也有母子的半寬座，一組一組，各坐所需。火車從瑞士出發，一路都是環繞著日內瓦湖，湖水和天空一樣藍，那份美景，確實有幾分恍惚，天上人間，今夕何年。

每一城市都停留兩三天，有民宿，有賓館，這樣從從容容地走，尚覺累。如果跟了那裝卸貨物一樣的旅行團，不知要受多少罪。印象深的是他們的教堂、廣場，那些讓人心靈震撼的雕塑藝術，它無言卻有力地見證著人類的文明，腳步。街道倒不是太乾淨，秋風落葉尚未及掃，但所有的街道，都不出幾十米，一定有適宜嬰兒車上下的坡道，母親生了孩子，三天就可以推著嬰兒車出來，公車停下，踏板正和路肩齊平，母親們一悠一聳，拖拽嬰兒車像背個挎包一樣簡單方便。

在巴塞羅納，有一輛專門的大巴是去往世界名品打折村，去時聽到前面後邊都是中國人，回時，那年輕的一對對，不時小聲說著：「真便宜，真便宜。」他們購置的貨物除了衣服、首飾、化妝品，還不惜力地背了很多沉重的鍋、雙立人刀具等。所謂的便宜，應該是和國內加了太多賦稅的商品比吧，耐克、阿迪，在那兒就是平平常常的運動裝。一個河北口音的男子把一匣子雙立人指甲刀都收了，結帳時，款臺小夥兒苦笑搖頭。

返程從里昂到巴黎坐上午的飛機，到戴高樂機場一小時經停，再回北京。孩子一遍遍叮囑，並列印出清晰的地圖，唯恐E區到F區轉乘地走錯。飛機低空時，法國的公路、河流、山巒、房屋，好看得像一塊塊電路板，眼睛成了航拍。快下飛機時，看身旁這個看書的老頭，我拿出機票給他看，他懂，笑著拿出他的機票，示意我下機後跟他走，同一班。心裡有了底，便不慌不忙。

可是，忽略了出境的問題，轉乘前，是要辦理出境手續的。龐雜的人群長隊，而所有人並不是乘同一架飛機。排到一半，登機時間已過，十二點三十五登機，此時已近一點。一塊藍牌，指示著法國人和其他國家出境者的分流，老頭告訴我，站到另一隊，他則去了他本國的排隊窗口。那一隊很短。

焦慮，危機，前後都是無盡的人，而排到窗口，不知何時。一對年輕的男女，向工作人員講了什麼，那個相貌似馬來西亞人的女工作人員，她一摘軟圍欄，讓他們過去了。他們的情況應該跟我一樣吧，我也向女工作人員出示我的機票，她只說了個M43，M43我當然明白，那是我的登機口。我要問的是能否允許我先辦理出境手續？不知她是真不明白，還是裝作不明白，轉身走開了。中國人不排隊的壞名聲，已經遠播，我恐自己再是其中一員。聽天由命，繼續挨。亞洲人對亞洲人是不客氣的，這是我一路的領教。

終於挪到窗口，一寸一寸，辦完了，出來了，登機的人流已經沒有了。這時候，不識法文的我，都不知該走向哪裡。突然，發現了救星一樣，那個老頭，他竟然壁立牆角，在等我。

發自內心的感激，感謝，生疏的用英語說了句謝謝，此前的所有交流，一直是眼神、手語，現在，我冒出這樣一句，他發現啞人開口了一樣驚喜。我們邁開大步，小跑著衝，直梯、滾梯，上上下下，如果走錯一處，返回的時間都沒有了。像從一個車站跑向了另一個車站，終於跑到有工作人員的柵口，以為是登機，結果這才是擺渡。擺渡車又像公交一樣走了好遠好遠，還出現紅燈，停車，塞車，這些是我到現在都沒有明白的。從擺渡上再下來，才進了所要乘機的F區。F區又是一片遼闊的商場，此前地圖上標注的找到施華洛世奇，再左拐、右拐等等，哪裡還有辨認的時間？一個一身牛仔的黑人姑娘，只有她像是登機的，其餘人都很安閒。法國老頭讀懂了我的表情，他問商場服務員登機口的方向，隨著那個女人的一指，我和黑人姑娘撒腿狂奔了，速度有多快，不吹牛地說賽過劉翔，像煞了博爾特。我和她是並駕齊驅的，而她看樣子也只有三十來歲。我們狂奔，飛奔，如果趕不上這趟飛機，我三個月前的便宜機票就白訂了，不可改簽。接下來的住宿、再買機票等等等等，都會很糟糕。是這些讓我老邁的腿變成了馬達。法國老頭體力已不及，終於，終於，我們終於撲到了工作臺上，工作人員快速出單子，奔廊橋，跑，還是跑。進飛機，癱坐，大口喘息，已然快要吐血。

機輪滑動，早上出來空腹喝了濃咖啡，加之這一通跑，抬頭看的力氣都沒有了。回程理論上是九個半小時，一點半起飛，第二天早晨六點半到首都機場，七小時時差。因為侄子來接，那麼繁忙的他請了假來接機，自己便下了飛機又逃跑一樣快速去取行李。直到安頓下來，才想，沒有留下那個法國老頭的電話，好好謝謝人家。要知道，他當時可是冒著自己都趕不上飛機的風險在等我的。法國人，除了少數黑人、阿人，處處見慈祥的雷鋒。他們是真雷鋒。

春天準備這場出行的時候，心裡是猶疑的，對那份陌生、遙遠，有嚮往，也有畏懼。瑞士那個我喜歡的女作家告訴我說，人生，可以試著去挑戰困難。現在，走了，看了，挑戰了自己的耐心，又安全返回，這也算是一次小小的挑戰吧。地球是所有人的家園，此前只是紙面上的一個認知，現在，覺得很親切。

想念孩子，想念那片美麗的好山好水，想念那規則秩序制度下的寬鬆，想念那麼好吃的麵包、水果、巧克力，想念……。雖然想念，我又知道，真的到了那裡，不出幾天，又會開始想念家鄉的，思念自己長時間生活過的地方。這是我們人類，共同的問題吧。

「念去去，千里煙波，暮靄沉沉楚天闊……」想念哪裡，就到哪裡生活一段，正所謂哪裡心安，哪裡即是家園。自由，行走，真實，這是我的中國夢。

在法國巴黎，塞納河、巴黎聖母院、盧浮宮、埃菲爾鐵塔，這些地方離得不遠，如果走馬觀花，一個下午也許都能看完。

故鄉行

之一　東北男人

炎熱的暑期回了趟故鄉，迢遠的路途，有很多哭笑不得。第一站，在火車上，早晨，怕綠皮老火車的供水不好，早早拿一水杯來到洗漱間。一男壯漢正在用毛巾擦臉，動作大刀闊斧，擦臉，擦頭，擦完頭擦臉，擦完臉擦頭，一圈一圈，非常熟練。他是裡側，我站門邊，共同面對一面鏡子，接了水，仰頭要漱，他竟一把捉住了我的手腕：「這水不能喝！」

我一定是太老土了，一定是太農村婦女了，他以為我連洗漱的水都分不清，拿著杯子是來喝水的。他的好心讓我非常感慨，這種舉動，這種急切，這種不由分說，只有夫妻，感情深篤的夫妻，才會有。而我們毫不相識，素昧平生，這種魯莽中的仗義，也只有老家的男人才會有。

有張舊照片，在我右邊的男人是大龍。二〇〇七年冬我在魯院時曾寫過一篇博文，裡面那個英勇機智躲過母親追打的少年，順著大地的壟溝橫跑、豎跑、交叉著跑以使騎自行車狂追的母親無用武之地從而更加氣急敗壞、逗得鄰居都樂了的頑皮小子，就是他。這次回來，看到門口猛然冒出的他，竟以為是他父親，叫了人家梁大姐夫。按輩兒，他是外甥，該叫我姨的。

大龍已經成家，媳婦不幸，年紀輕輕的就沒了。大龍和他母親，問我們住在哪裡，吃沒吃飯，還說，要沒地方，就這裡住幾天吧，道北也有房子……。二十年不見了，見了還這樣熱誠，這樣待人，這份厚道，也只有東北男人，才有……

之二　相遇梁特首

開會結束，會議安排參觀虎園，活虎，人在車籠子裡，虎在籠子外。先看到了一隻白虎，暗想那個傳說中的白虎星，是不是就這樣呢？青龍有沒有？

老虎很多，飼食的車一來，牠們是一群一群，像羊一樣。遇到獨個兒，也沒有精神，牠們眼皮都懶得抬，絕找不出虎視眈眈、虎虎生風、虎躍龍騰——人類厲害，不但改造了自身，同類，連畜類，也給弄老實了。老虎，曾是多牛的獸中之王啊，現在，讓牠們一群一群地抱窩兒，鼠、蟻一樣，不再是單打獨鬥的王。

與會上人不熟，基本是自己走。下了車再到廊裡，看下面的虎。廊道人不多，有零星的幾個黑人。突然，奇怪地站住了，那個淡藍色襯衫、腳下一雙板兒鞋的人，不是港首嗎？這麼窄的地方，這麼雜的人群，真的是他？

他顯然也看到了我，一米的距離，沒有人驅趕，隨便拍照。會上的兩個人上去握了梁的手，握了也就握了，梁沒有受驚。我問一穿飼養衣的男人，哪個是梁的保鏢、便衣，他警惕地問我：「幹什麼？」把我問住了，我還真不知自己要幹什麼。

認出他們要幹什麼呢？我迷戀惠特尼・休斯頓主演的電影裡那個保鏢，顯然，是在對比……

之三　想念郝青

郝青是初一那年下到我們班，在清一色編辮子的女生裡，她電熱剪燙過的瀏海兒和辮梢兒，顯得格外嫵媚——這還是她自己的手藝。

郝青復讀，年齡大智力高，穿著也漂亮，老師格外喜歡她。

郝青負責收抱作業，到前面示範眼睛保健操，節假日領演節目。那時，她是女同學心中的榜樣，男同學情感世界的女神。

我和郝青的交情，緣自她喜歡文學。她當會計的姐姐，支持了她那一時期的閱讀，還記得大冬天裡，她帶我去街裡的郵局買當期文學期刊，她出錢，她先看，她看完，我再細細閱讀。

學校隔一段時間要去北山勞動，非常遙遠，讓沒有鋤頭高的我們，拖著鋤把，特別發愁。郝青騎上她姐姐的自行車，帶上我去，帶上我歸。

小女生的貼心是掏心掏肺的，星期天，我們相約到教室，名義上是學習，實則，開始了越來越多的悄悄話。從她那裡，我知道了哪個老師要摟抱她，哪個男老師還好說好商量的要她交出身體。她當然沒有。那個中學的操場，記錄下了我們挎著胳膊一圈又一圈吐露的祕密。

後來，郝青沒有上大學，當了一個賣化妝品的小老闆。郝青愛美，那時還沒有割眼皮技術，她自己發明的一種方法：對著鏡子，用頭卡，銳尖的那一端，在眼皮兒上，輕輕地，一下一下，搽劃。年深日久，竟真的劃出了雙眼皮——俏麗的效果和當初的電剪手藝異曲同工。

她坐火車去瀋陽上貨，火車上，背帶褲子胸前的小兜裝著她摺成方形的全部資財，用廁時，一低頭，錢款順著那個黑洞嘩啦掉下，而車輪在滾滾向前——她驚惶失措找到乘務員，說明她的錢——她已經沒錢買票了。男乘務員帶她回小屋，詳詢，細詢。到終點靠站，又讓她隨他到了鐵路值班的男宿舍……。從此，郝青很多時候，票錢基本隨從列車員的權力。她說反正已經結婚了。

知道這些的時候，她的兒子已經一歲了，丈夫正要離婚。原定忙過那個夏天我們再見面，但再來找她，她的家已經搬了。那時沒有手機，跑去她的母親家詢問，去了天津，隔一段再去，去了上海，去了深圳，去了……

一別，二十多年。

二十多年沒有再見到郝青，此次回鄉，她母親家的舊址已經一片殘垣。去了當年的中學，走在那泥濕的操場，心裡無數次地問：當年那個班裡最驕傲的女生，男同學心目中的女神，如今在哪兒呢？

非常非常想念，小女伴在一起的純潔時光。

之四　女兒不喜來路

女兒說：「媽媽，東北的司機太虎啦，差點把人腰撞折。」

女兒說：「媽媽，十年之內不再踏上這片土地。」

女兒說：「媽媽，這地方人咋這麼飆呢？」

我說她：「東北，東北，就像妳不是東北人似的。如果不是妳娘，妳現在就是這飆中的一員。可能比他們還虎呢。」

女兒坐公交去圖書館，司機可能心情不好，或有意取樂，一腳一腳——她微信告訴我，摔倒一票人馬，有捂腰哎喲的，有坐地呻吟的。她說回來讓我驗傷。

行走，購物，吃飯，住宿，乘車，只要和人打交道的地方，女兒都要拉緊了我的衣袖。也奇怪，從前，怎麼沒發現他們這一特點呢？對待陌生人，也像對待家裡人一樣不見外，不客氣，大聲申斥，大嗓門吵架，大大咧咧。有的攤位，你正想上去看，哄地一下，動手撕擄起來的人差點兒濺你血——每每這時，女兒拉著我逃跑走遠，她還用河北農村話嘲諷：「介就是膩日也思撚地假想？」

早餐，一桌一桌的大席，也許地冷天寒，冷暖交替，人們的鼻涕特別多，痰也厚，說著說著話，卡地就是一聲……，掏耳朵，剔牙，全不避諱。如果你起身走開，或略皺眉頭，他們就罵你太能裝、太裝，惹火了還要揍你一頓……

在那裡，如果不是和認識的朋友、親戚打交道，危險係數確實太高了，他們的粗野無禮一覽無餘地呈給你，沒有商量。山清，水藍，無工業，多林木，空氣乾淨得像一個天然大氧吧，可是人們的生活，普遍不好。曾經，無邊無際的大森林，就是大家的飯碗。

現在，除了政府部門頭頭腦腦們有工作，其餘，基本無業。沒有了工作，肚子不飽，生活無著，是不是他們又虎又飆脾氣大的原因呢？

一方水土養一方人，這句老話，現在闡釋起來，挺難的。

遼闊的天地間，女兒玩得很開心

瑞士是人間天堂嗎？

最早進入我耳膜的，是「日內瓦」三個字。一九七七年，不到十歲的我，看著當「知青」的大姐，抱回三大本黃草紙印的題綱，她嘴中喃喃地在背：「日內瓦公約，日內瓦公約……」——她在準備參加停滯了十年的高考，「日內瓦公約」，是其中一道難背的考題。

「日內瓦」？它是一種什麼東西？——耽於幻想又年幼無知的我，根本不知道這是一個地名，一個城市。只根據其耳音，窮盡了想像和認知，把它跟太陽、屋宇，和瓦片兒等聯繫起來。日內瓦，一個明亮的有瓦片做屋頂的地方吧。

到了中學，學一點地理課，才隱約知道，日內瓦，是一個叫「瑞士」的國家的城市名。有那麼一些年，我還誤以為，它是瑞士的首都。瑞士到底是一個什麼樣的國家？地理課本上，我們是沒什麼概念的。只是覺得它太遙遠了，遙遠得彷彿在另一個星球。

八十年代，中國改革開放，我們漸漸知道了瑞士軍刀、瑞士手錶。瑞士軍刀只有那麼一點點，男人腰上掛著的鑰匙串裡一件小東西，據說它非常鋒利，削鐵如泥，還耐用。特別是，它極其昂貴。那麼小的東西那麼昂貴，在我們眼裡，它是奢侈品了，是男人們的熱愛。不可多得，又得之不易！瑞士手錶，當然是女人們的追慕，那個年代，要當媳婦的女人，如果婆家能給一塊瑞士女錶，那是相當有面子的事情。那個參加過高考天天背《日內瓦公約》的姐姐，後來就有一塊鍍金的梅花坤錶，金燦燦，窄窄的一小條，非常好看。而當時中國的國產，只有上海笨笨的大錶盤。梅花錶引起多少家庭悲歡離合的故事，那是另一話題。在此，我只想說，因為對軍刀和手錶的認識，我們以為，瑞士像天堂，它富得流油，遍地黃金。它給全世界的有錢人開著銀行，替他們保管著錢。那時偏居北方小城的我，自覺一生都不會有機會去領略那個叫瑞士的國家了。

誰知，後來，女兒長大了，還留學到法國。並且，法國和瑞士是那麼地近。那天，當我和她坐進大巴，從里昂到瑞士，只有兩個多小時的車程，距離也就如同在老家的一個縣城到另一縣城，所不同的是更舒適，更方便。這使我恍兮惚兮，真的來到了瑞士？這就是傳說中的天堂？

和正在汙染的中國北方比，它的美景，確實當得起天堂。沿途的風光，清澈的湖水，高遠的天空，都是拜良好空氣所賜。到了雪山腳下（其實還非常遙遠），能看到瀅潔得像羽翼泛著光芒的雪山——它太乾淨了！後來再坐火車時，有很長很長的距離，很遠很遠的一段路，火車都是圍繞著日內瓦湖在開。湖水在陽光下，泛著藍盈盈的美好。這麼近的距離，火車不像在軌道上，倒像一條遊船。坐著火車在湖邊走，那是一種什麼樣的感覺？如夢如幻，天上人間——日內瓦湖是我見過的最漂亮的湖水之一。有那麼一瞬間，我想，天堂的美景，也不過如此？

還見識了一座小教堂，至今我叫不出它的名字。那天，我和女兒下了大巴，沒走幾步，就見到了平地上戳著的那座尖頂（像是木製？）教堂。對教堂的陌生、好奇，使我每見教堂必進。有在臺灣被趕出來的經歷，有在東北被喝斥誘逼捐錢的記憶，面對這個陌生的國度，我也想進去看看。和女兒對了對眼神，我們不約而同，小心翼翼，推門走了進去。

裡面很暗，但溫暖的氣息撲面而來。地上，竟是地爐。兩邊的木製條椅，跪凳，有防冷的絲絨墊。一個人都沒有，可能他們做過了彌撒？我尋尋覓覓，遊遊弋弋，大氣兒不敢出——還是被裡面的肅穆莊嚴震住了。左上端，有一處高高的圍欄，像樂池。一臺古老的風琴？眼睛不夠用，也看不懂什麼。時值十月底，在外面走來已有寒意，現在，坐在這裡，地爐暖烘烘，它讓我漸漸平靜。我和女兒都沒有說話，對宗教的了解，她更是空白。她還年輕，估計心靈對宗教還沒有我這般渴望，只是陪我坐著。我就那麼靜靜地待了一會

瑞士沿途風光

兒，身體裡那個叫靈魂的東西，彷彿很好受，很安寧。

再出來，一天的行旅，就顯得匆忙、熙攘了。人流中的瑞士，和現實的中國，也沒什麼兩樣，甚至，後來到了米蘭、巴黎、巴塞羅納，它們的商業、紅塵氣息，和中國的很多城市，竟是那樣相似。一家家的商場，一樣樣的品牌，包括那些行銷手段，彷彿都是一個師傅教的。就連麥當勞的服務員，看人下菜碟的積習，商場裡給女兒臉色，對我們慢怠的服務員，讓我明白，在人性的幽暗這一點上，全世界都是一樣的。

瑞士這個國家，它真的是天堂嗎？走了一遭，我覺得，它是，也不是。上帝眷顧了它，給了它湖光山色，美麗的自然景觀。尤其那個有著巨大噴泉的日內瓦湖，連同那悠游、樂哉、不懼人的天鵝，都讓遊人難忘。然而，它的街道，狹窄髒亂，坡高坡低，曲裡拐彎，是跟這自然風光不大相配的。特別是火車站，跟很多落後國家的火車站沒什麼兩樣，簡陋，零亂，火車晚點了想詢問個工作人員，久久都找不到。

瑞士這個國家，它到底有怎樣的好，怎樣的妙？只做了短暫旅行的我，肯定不敢冒然下斷言。它到底是天堂還是地獄呢？我也不便做結論。可以肯定的是，走過，看過，大自然賜予它的一切好，已像空氣和水一樣，呼吸進了我的身體。從前還把瑞士和瑞典混為過一談，現在，此後，再也不會了。

遙望故鄉

鐵力是我出生的地方，至今還記得，兒時空曠的大地，大地前那條小河。小河向西流，流成了「西大河」，道北的人管它叫「南大河」。長大了，從書上知道，它的準確稱謂是「呼蘭河」。呼蘭河因女作家蕭紅而廣為人知。

少時記憶深刻的還有那座「沙子山」。沙山堆在鐵道旁，無邊無際，綿延不絕，我家在道南，每天都要路過沙子山。沙山沒路，全憑走過的人兩隻腳踩實。一條小道兒剛踏出，也許用不了一個上午，裝沙機又把它蹚平了。有道兒、沒道兒，對於少年的我們，無所謂。上學時，因為趕時間，也就隨著成人的身後匆匆地走，而放學，回來的時候，我們則要坐下來，以倒鞋窠兒裡沙子的名義，坐下就不起了。這時的沙子山，成了大家的遊樂場，像潑水一樣互相揚沙子，或者一個抱一個的後腰，從高處衝下，滑雪一樣滑沙……。那時的我們不嫌髒不嫌累，每次都玩得滿頭滿嘴是沙子，回到家，每家都是孩子眾多的家長，顧不得管我們，我們野草一樣，自由而奔放。

然後就是鐵軌了。鐵軌是我們每天必經的險途，開始的時候，老師還叮囑我們，即使上課遲到了，也沒關係，千萬別跳火車，或者從底下鑽，那太危險了。老師的叮囑很快就被我們當成了耳邊風，因為每天，當我們上學或放學時，縱橫交錯的鐵軌都併著多列的火車，客車還好，停不了幾分鐘，總會開走的。而貨列，就沒有準時候了，也許幾個小時，也許是一天兩天，它究竟什麼時候走，連拿紅綠旗的鐵路人都不知道。他說要聽調度的，調度要聽上面的。這樣，慢慢地，我們就跟大人學會了跳車的本領，也包括鑽車的技術。大家通常是：個子高的、腿長的，跳，跳火車連結的地方，跳上去，再蹦下來，就過去了。而個子矮的，一般是蹲，蹲下來，貓起腰，鑽火車的連結處。鑽的時候，也有一原則，就是貼近車輪的根兒，原理是這樣：火車一旦啟動，還有一米左右的緩衝距離……。後來的實踐證明，這一切都是紙上談兵，當火車真正啟動的時候，車輪是先向後倒一下的，倒一下，再向前開，由此可見，貼根兒鑽是多麼地危險。那時，我們不斷看到慘禍的發生，有老人，有孩子，可是我們依然無法避免這種過障礙的方式。後來，多年以後，我已離開家鄉了，鐵軌上修起了天橋，但人們並不習慣去走，依然在鐵軌上飛奔，而那個封閉的、無人走的天橋，則成了廢棄的廁所。

道南道北，是以鐵軌為分界的。道南的人，如果要去買辦什麼東西，就會說，去道北，或垓裡。垓裡是什麼呢？也就是街裡，鐵力縣所屬的區域。在我的記憶中，那時的

「街裡」非常寬廣，有一座小學，一個轉盤道，一個書店，一家小郵局。這四個景象，構成了我對「街裡」的全部記憶。家裡人要添置新衣裳了，母親就帶上我們去「街裡」；重大的國事慶祝活動，父親帶著大家繞過那標誌著垓裡、垓外的轉盤道，「街裡」就呈現了；書店是我長大後，要找什麼書，一定要去的全縣唯一的「新華書店」，出來後，我們要在那個小學的門前逗留，門前的一塊空地，就大過我們學校的操場。「幽靜」二字就是那時有了認識的；綠色小郵局呢，它鎖定了我憂傷深遠的記憶，那時我剛愛好文學，每月初，都會和女同學，走很遠的路，大冬天裡，踏著積雪，一步一步，去買我們喜愛的刊物……

在我們家，如果誰特別自私，表現不好，大家就會齊聲討伐他，「你可別像誰誰誰。」這個誰誰誰，是我親戚家的一個姑父，他的典型特點，是懶饞。每天，姑姑還在灶前燒火，他已經盤腿坐到炕上，等著喝他二兩燒酒及下酒菜了。他們家很窮，通常只炒得起一盤菜，一小盤兒，這個身為父親、丈夫的男人，盤在炕頭，捏著他的二兩燒酒，獨霸獨享那一盤小菜，而孩子們，則眼巴巴的望著他，只有鹹菜可吃。他每天早晨起來，是自言自語，也是給姑姑聽，他說：「這一早起來，腦瓜銀（仁）子咋這麼疼呢？」

裝病，就可以不下田了。姑姑也不指望他，像沒有他這個人一樣，裡裡外外，全是一個人忙活。豬餵了，雞餵了，當然，也餵飽了這個叫丈夫的男人，然後，她自己，挎上籃子，裡面是她一天的口糧，背著鋤頭、秧苗，去下田了。

第二天，或第三天，整個春季裡，他不可能總說腦瓜銀子疼吧，得換換藉口。在他們家，有一頭又瘦又小的黃牛，農田裡幹活姑姑都不捨得用，那隻小牛不長個兒，也沒什麼力氣，留在院落，只是姑姑的一個心裡安慰。姑父說：「這小牛咋又不愛吃食兒了呢？是不是有病了？我得拉牠垓裡去看看。」

給牛看病，姑姑就給他五塊錢，那是姑姑一毛一毛攢下來的。五塊錢，能幹多少事呢？能買下全年的口糧。這個饞懶的姑父，抱上牛鞭兒，牽著牛，一路遊遊逛逛，到了道北。他會在繁華的街市，給自己買根兒麻花，解解饞癮。亦或喝瓶汽水，弄個燒餅，總之，都是姑姑家裡做不出來的飯食。吃飽喝足，回程的時候，抱著小牛鞭，路過我家，也許要再找個藉口，比如牛渴了，到我家給牛飲飲水。母親起初還留過他吃飯，後來，時間長了，母親不給他好臉色，心裡鄙視他一個大老爺們，天天偷奸耍滑，讓姑姑一個人受累。沒有好臉色，他也只好訕訕上路。母親後來經常勸說姑姑，不要太慣著這個男人，一個不疼老婆、孩子只顧自己的男人跟畜類有什麼區別？我看畜類都不如！

那時姑姑頻頻點頭，表示聽母親的，母親說得對，她也痛恨他。她還真誠地表決心一定要跟他鬥爭，不再慣著他的惡習。九十年代末期，我在電話中聽說姑父去世了，姑姑為此大病了一場。

現在，離開故鄉二十多年了，那山，那水，那曾經的鐵軌、沙子山，都已物是人非。門前的小河乾了，沙子山也夷為平地。人們嚮往的「垓裡」呢？一切都不再是從前的模樣……。那個曾蘊藏過夢想的小郵局，也已無存，代之而起的是一片片聯排大樓。——從前的小城，故鄉，已經面目全非。

每當回鄉，回去祭掃，走在那熟悉又陌生的街道，我內心的感情，像極了姑姑的一生——酸甜苦辣，悲喜交加。

——寫於二〇〇三年夏

故鄉呼蘭河在冬季

第六單元

家族密碼

一個人的浮世清歡

年輕的時候，我很喜歡跳舞，那時大街上流行費翔的〈冬天裡的一把火〉，無師自通，我能把那狂放的霹靂舞跳得眼花繚亂。還願意看電影，有片兒必看。香港電影《霹靂情》至今難忘——暴力與美學的交織，愛情加上動作武打，片尾曲——「請你等等我等等我，來讓我忘掉痛楚，將心中的淚流盡，去忘記那種種的錯……」好聽得看一遍就會唱。那時北方小城精神天空低矮，理想卻高遠遼闊，自由奔放的舞蹈，它緩釋舒展了青春。

十八歲到伊春去上學，街上經常能看到「二毛」、「三毛」，他們是中俄的混血，二代叫二毛子，三代叫三毛子。這些人藍眼珠，黃頭髮，有的也不怎麼好看，但愛跳舞，會跳舞。東歐人亦歌亦舞的文化，在邊陲小城薰染。那時，小小的伊春城就有帶樂隊的舞廳，正正規規的打蠟地板，樂隊在高高的樂池裡。當那第一聲小號響起，薩克斯隨後，美妙的舞曲讓靈魂翩翩，真是體味了什麼叫心曠神怡。

交誼舞、華爾姿，還有小城人自創的「快四」。當整場結束時，會奏一曲歡快的迪斯可，這個我更喜歡，它有香港電影的味道，自由奔放，隨心所欲……。舞廳的門票是一道坎兒，它考驗了我們學生的錢包。更多的時候，我們就在學校的大教室裡，週末，沒有樂隊，地板也沒打蠟，但同學們熱情高，班上有一女同學，父母是醫療系統的知識分子，她接觸交誼舞較早，舞技也高，班上的同學都喜歡跟她跳。她經常照顧我，壯實有力的身材，還擅長男步，我們一曲接一曲，那時我自鳴得意地認為，我們就是舞后、舞王。

沉浸在舞蹈的快樂，皆因那顆深深的熱愛藝術之心。

後來到中原，多跟文字打交道。編刊寫作之餘，突然很懷念故鄉的舞廳，那項身體和精神皆愉快的活動。就開始一家一家尋找，這時，我才發現，這裡的舞廳都是老俱樂部改造，因陋就簡，粗糙的水泥地，一墩墩的水泥柱子，那是所有椅子撤掉後的空檔。跳舞的人，下崗待業者多，他們是後來廣場舞的大軍。這些人穿著隨意，鞋子更隨意，皮鞋、旅遊鞋，還有趿拉板兒。只見鞋底與水泥地摩擦，胳膊與胳膊共舞，他們攀著，繞著，扭著，力道和熱情都夠，就是缺少美。

去公園，也是如此。一塊空地，水泥地，一隻老式電視大小的木殼音箱，人們交上三五塊錢，權作電費。公園裡的跳舞愛好者也都是業餘，伸胳膊撂腿，比劃。舞曲是流行歌曲，調門兒歡快高昂，這使她們的舞姿更像蹦。大家的主要動作是胳膊纏在一起，扭，繞，翻，翻得越歡大家認為她們的舞技越高。後來知道這一動作叫拉花，嘭嚓嚓嘭嚓嚓，手與手翻飛，鞋底兒與水泥地相磨——這情景讓我聯想起少年時騎自行車，有的人車閘不好使，他想停車，便伸出一隻腳，用鞋底和沙土路，一陣狠磨，靠腳，就把車剎住了——讓人笑場。

我是個近乎病態的完美主義者，民間管我們這類人叫「要飯得背桌子」，是，舞廳不像舞廳，樂隊不像樂隊，跳舞這一愛好，就戒了。

一個偶然的機緣，我開始打乒乓。這項運動也讓我迅速發現了力與美。只發力，沒有美，蠻打難看的取勝和鞋底磨水泥地差不多。要學就正規地學，要打就好好地打，精益求精。買裝備，左手開始。教練是朋友介紹，後來知道他也是業餘，一鱗半爪，邯鄲學步，打了一段時間進步不大。後來，看到一個省隊退役的，那動作，發球、攻球行雲流水，真是漂亮！再拜師，再請教練，時間和金錢嘩嘩如流水，心疼時間比金錢更甚，就開始責備自己：妳這是要進國家隊嗎？備戰奧運？用得著這樣？不就是個身體的鍛鍊！

和朋友們約著打，那時還沒有疫情，有些單位的場館可以進。東約西打，規律運動的好處在身材上體現了。花架兒也有，三五十板不掉。可是一比賽，花拳繡腿就現，好看不禁打。讓我開始不安的是浪費了大量的時間，開車，停車，一起吃飯，還給朋友添麻煩。回到家，小半天兒就沒了，三五個小時，能讀多少書啊！非常非常自責。本身寫作就是業餘，這樣下去，那部長篇什麼時候能寫完呢？真是不務正業！要找一項單獨的運動。

就把書法撿起來，鋼琴也搬回家。

其實少年時，我還喜歡唱歌。那時中氣足，大白嗓也能唱得很嘹亮，童安格、張雨生，我都能模仿。如今，這一切都離我遠了。每天，除了上班，稍有閒暇，最主要的還是在讀書、寫作。打球，是為了保證體力——當我趴在電腦上時間過長了，鏡中的臉色如殭屍，我就吃一頓飽飯，睡個足覺，然後，拿出三兩小時，打一場大汗淋漓的球。高強度的體力，通透地流汗之後，臉色又溫潤，力氣也回來了。

慶幸的是現在有了一塊場地，還免費。條件因陋就簡，冬天冷，夏天熱，但這也很好了，俗話說得好，要飯就不能嫌餿！背桌子是背桌子的。

王小波說過：「我相信我有文學天賦。」我呢，不但相信自己有文學天賦，那一切跟藝術有關的，音樂、舞蹈、繪畫、體育，我都熱愛，都讓我著迷。業餘寫作三十年，深味「書癡文必工，藝癡技必良」，持久的浸沉，豐厚的藝術滋養，它哺育了情感和生命，讓生趣遼闊……

——二〇二二年四月定稿

姥姥的保定府

姥姥的一生，在我心裡如母親的身世一樣，是個謎。但因她對我們不是太親，加之那時還年輕，我沒有探究她身世的願望。只知道她姓李，叫李玉萍，不育，抱養了母親。與她的兄妹幾個人從關內來到關外，奉天、哈爾濱，一路走來。姥姥的一生沒有固定職業，但她始終過著奢華享福的生活。

關內的什麼地方來，姥姥始終沒有說。對過去的生活，姥姥一直搖頭，只提提她的童年，青年時段略過不提。一次姥姥跟母親吵架，因由是母親追問自己的身世，父母親是誰，到底從哪兒抱養的。姥姥終於翻了臉，除了罵她沒良心，還說了很多難聽的話，一會說她是大姑娘生的，一會兒說她是爹抽大煙，抽不起了才將她賣了，再或，說她是私生子……。母親還以尖銳：「私生子、大姑娘養的，也比賣春堂子強。」

姥姥有過一個跟她一樣貌美如花的妹妹，後嫁人，當的是小老婆。四兄弟如狼似虎。姥姥在哈爾濱安定了，還接來了她的母親，我母親叫她太姥姥。母親記得太姥姥常說的一句話是：「到底做了什麼孽喲！」

母親的記憶中，她從小姓黃，那時姥姥的丈夫是一個署長，警察署，戎裝，馬靴，腰裡別槍。傭人管姥姥叫黃太太，母親是黃小姐。後署長死了，姥姥再嫁了個牙刷商人，商人是小商，一次破產就承受不住，用自殺解決。姥姥沒有丈夫的日子，被追過債，她便帶領母親逃離到鐵驪（一九五五年十一月十九日，中國國務院將鐵驪縣改為鐵力縣），後風頭過，她再回哈爾濱。後來解放了，姥姥又嫁一良民，道外醫院的一名鍋爐工，非常英俊又好心腸的小夥子，光棍。據說是山東人，也是逃難流離到東北，光棍丈夫對姥姥非常好，這一段的日月比較長，一直到他七十歲，先於姥姥去世。

姥姥活到八十歲那年，我對她說：「姥姥，您老人家牛啊，都活到國家領導人的歲數了，還繼續呢。」姥姥眨了會兒小眼睛，分辨我是在諷刺她還是恭順她，想了一會兒，似覺是喜慶的話，問：「我能跟人家鄧穎超比？」我說：「何止是鄧大姐，您能跟宋美齡比呢，比慶齡也行，國母。」

姥姥高興了，打我一下：「嘁，這小九子，最沒正經。」

我們差了一個甲子還多，但因姥姥重男輕女，對外孫好，對我們幾個外孫女，均不待見，我便也常常不守孝道，逗她老頑童一樣嬉鬧開心。

姥姥終年止於八十八歲，在她的戶籍本上，我第一次看到，籍貫是保定府。原來還若隱若現地以為是山東呢。這段時間在尋找母親的身世，姥姥這一脈，山重水複。憑著僅有的信息，理出脈絡如下：她生於一九〇七年，屬相是猴。名字叫李玉萍。民國二十六年也就是西元一九三七年，日本侵占河北，她攜兄妹逃亡關外，從奉天到哈爾濱，當過花姑娘，嫁過高官顯貴。她有一個兄弟，解放後也當了良民，在哈爾濱開有軌電車。抱過養女，隨母姓，叫李連生。

母親的身世是我心中的痛，我替她疼。因為她離世時，也未解。而當事人姥姥當時還在世。人的一生，有什麼比自己不清楚父母是誰更難受的呢？我幫母親尋找她生命的源頭，也盼望姥姥在世的親人，能聯繫我，因為只有他們，才了解真相，我希望她們金口能開。

祈禱老天，上蒼，一切神靈。幫我。

——二〇〇八年夏

母親的哈爾濱

母親的身世同姥姥的身分一樣，一直未破解。

母親生於一九三四年正月二十七，屬狗。在母親漸漸長大的日子裡，姥姥和所有抱養嬰孩的母親一樣，企圖用搬家，掩蓋孩子不是己出的真相。但母親還是從小夥伴的嘴裡，陸續知道了自己非親生女兒。她一次次地問姥姥，姥姥回答的版本次次不同，最初是：「妳是抽大煙兒人家的孩子，那男的抽不起了，賣孩子。」或者：「妳是大姑娘養的，沒臉見人了，生出妳就直接跳松花江了。」再到後來，就是：醫院門口撿的、自家門口拾的。母親曾向姥姥保證，即使找到了親爹媽，她也會養姥姥終老，養恩重於生恩。但姥姥就是搖頭。

母親是在她十四歲那年，隨姥姥從哈爾濱，來到鐵驪縣的。那時姥姥的商人丈夫破產自殺了，姥姥帶她來鐵驪短暫避難。這段時光母親認識了父親，父親的命也很苦，一出生就沒了父母，在叔父家生活。寄人籬下的父親格外懂事，他厚道、勤勞，更打動母親的還有他的英俊。相比姥姥家奢華的日子，母親認為父親這樣的人才是終生幸福。姥姥年輕時貌美，帶著四個兄弟、一個妹妹從關內保定府闖來，姥姥曾有過賽金花樣的風光歷史。少年的母親厭倦了喧來鬧往的日子，姥姥再回哈爾濱時，她堅決地留下來跟父親結了婚，不惜姥姥以斷決母女關係相迫。

然後母親終生都在鐵驪度過。中途一次次回哈爾濱，養了兒就知道父母恩。姥姥這時的丈夫，是道外區一個醫院的鍋爐工，非常仁義的一個老頭。母親開始盡孝，她讓父親，把家裡殺過的豬，豬頭、豬蹄，最好的肉，都打理好，那是姥姥最愛吃的。還有松樹明子，那時道外區的樓房燒飯還用柴，父親把明子劈成拇指粗的一塊塊，便於姥爺取用。母親念念不忘道外老鼎峰的冰糕，點心，那也是姥姥的最愛。在一次次的往返中，姥姥有時感動於養了兒確實防老，有時，又跟母親因身世話題翻臉、決裂。母親隨著年紀的增長，越來越關注自己的身世，她想知道她到底是誰。姥姥不說，或者重複從前的編造，娘倆剛剛修好的關係，就又破裂了。母親每次回來，都發誓：「我再也不去哈爾濱了。」

可是隔不多久，她又去了。

母親是一九九四年二月去世的，正月初六。那時姥姥還活著，她來到了母親的身邊，面對即將離世的女兒，她始終緘默。一九九五年，八十八歲的姥姥也去世了。母親的身世，就成了謎。我替母親難過，一個人來世上一遭，沒有比這更讓人遺憾的了。

現在僅知道的一點信息，是姥姥有一個外甥，是哈爾濱科技大學的前教授，叫薛文才，他現在應該還活著。其兒子很有出息，乳名大強，聽說去了廣州。母親活著時，多次提到這個舅舅薛文才，說他待自己如親兄妹。姥姥還有一兄弟，在哈爾濱開過有軌電車。姥姥還有一個侄子，官至道外區前副區長，叫李三元。跟這些親戚一直無往來，概因母親「人窮志不短」，怕有攀附之嫌，從不主動去往來。我想，時光走過了這麼多年，官職的，該退了；富貴的，也貧窮了；還有那些風光的，也已走入另一個輪回……。現在活著的那些人們，那些跟姥姥有關係的，親戚、朋友，應該都過著平靜、百姓的生活。希望看到我這篇文章的你們，姥姥的親戚，媽媽的恩人，能聯繫我，幫我解開母親的身世之痛、生命之謎。哪管點滴，蛛絲馬跡，也讓我，替母親喘一口氣，以慰她，在天之靈。

謝謝你們。

——二〇〇八年八月於哈爾濱

好人父親

說父親是好人，鄰居、單位同事，和凡是認識他的，跟他打過交道的人，都這麼說。母親說：「妳父親那不是好，是窩囊，是老實，是一輩子專吃虧。」

是這樣嗎？在單位，每逢過年過節，分福利，帶魚啊、凍梨什麼的，那時人多，分的福利都是一大捆一大筐的，父親總是最後一個拿。人人的眼睛都是一把好尺子，上來就把最好最大的那捆拿走了。剩到父親謙讓的最後一捆一筐，一定是魚小且碎，梨小兼爛，粉條，也不夠勻稱。父親沒挑兒，他勸母親：「白給的，還挑啥呀。」

鄰居家，是家家都有菜園子，還有院子，很大，需要很多木板做圍欄。一般的時候是一家一家順次遞序，也就是說每一家都要出力、出木板。而我們家，周延幾百米，前後左右，所有的圍欄，都是父親一人完成的。完成這項工程，需要錢，還要出力，還得出大量時間，父親利用上下班，起早貪黑，全部幹完了。

鄰居提著父親的名字，說誰誰誰，真是個好人呢。

秋天買大白菜，大片的菜地論壟賣。人們的眼睛又是尺子，一眼就挑出哪壟的菜個兒大，芯兒實，長勢好。這樣菜壟就像豁齒一樣隔一差三地擺在那裡，父親來了，他不好意思挑揀，說挨著來吧。氣得母親轉臉不理他，卻贏得地頭隊長的豎大拇哥。

父親在外面博得了所有人的讚許，在家裡情況卻正相反，母親一直數落他缺心眼兒，好欺負。後來我看得出，母親反對的這些，也正是她看重的。當初捨棄哈爾濱的富裕嫁到了鐵驪小城，跟父親生兒育女，除了父親的儀表，不更是他的厚道和好心眼兒嗎？母親說有一年發了大洪水，人人都上樹逃命，也有的上了房，父親蹚著沒胸深的水，去救一個一個的老太太，把她們背過了河。然後，還有人求救，父親又蹚了回去……。「那一次，真是危險呢！……」母親提到這事兒時，有嘆息也有自豪，她說：「妳爸爸那個仁義勁，不是一般人能比呢。德厚濟兒女，男人厚道點，也不是壞事兒，老婆、孩子都跟著得好兒。」

在父親的一生中，他得到的都是母親的「數落」，但可以確定的是，數落裡是滿滿的愛，深愛。

這對一個男人一生來說，足矣。

一家人的族別

她們是一奶同胞，五姐妹。可是你看，老大的矮個兒，小臉，膚白，單細的眼皮兒，和那怎麼吃也不長肉的瘦瘦身形，放在歐洲，誰會分辨得出她是日本人，還是韓國人？再或，在我們自己人眼裡，幾個女性站到一起，只要她們不說話，不露生活飲食習慣，不舉手投足，單從面容、膚色來區分，又有多大的差別？

五姐妹，老大長得不好也不算差，但是，她自己極不滿意。她生老二的氣，也生爹媽的氣。同是姐妹，一娘所懷，可是你看人家老二，她不但有著蜜色的皮膚，她還有高額頭，大眼睛，懸膽鼻，白牙齒。沒有一處，美得不讓人驚異。尤其那一頭栗色的頭髮，微微地天然鬈曲，讓她一側

五姐妹今昔

臉，一粲然，都給人無盡的遐想。老二的混血特徵再明顯不過了，可是在爸媽的族別內，清清楚楚地寫著都是漢族啊。

二朵卻不認為自己美，她還嫌自己的個頭不夠高，一米六三。她希望自己是一米七的身材。這樣，到了中年，略胖，也還會維持在標準的個頭兒，那樣，她才覺得此生是沒有遺憾了。

和她倆比，老三遺憾最多，她就像沒有長成年，弱弱小小，還不足一米五，卻是大手大腳大腦袋，整個一鄂倫春人的貓相。在她們的出生地，伊春以西，純正的鄂倫春人並不多了，有一家只剩了祖孫倆：老奶奶，八十高齡穿越林子還狸貓一樣健步如飛；那個三十多歲的孫女，沒嫁，也是這個長相。山下的人，時常看新鮮一樣去看她們。她們並不怕，願意看就看唄，還怕不熱鬧呢。住到了山下，政府幫助建成的房子，可生活習慣，依然還是喜歡的樹上。三朵的大腦袋，特別聰明，人雖瘦小，可是到了年齡，一上學，始終名列前茅。這讓陪著她一起上學的老四，四朵，徒長了個傻大個兒的四朵，顯得弱智。在五姐妹中，長得最高的，身材最壯的，要數老四了。她眼睛、鼻子沒有什麼特別，但是臉蛋上那兩片肉，像兩片橢圓形的麵包，扣在那裡。說她是蒙古人也行，說她滿族的後裔，也對。那是跟漢族人絕對有區別的兩片臉蛋。老四在大學教書，從事歷史研究，近些年，她又研究起了家譜，故鄉的人和事。越研究，她越糊塗，糊塗一會兒，又漸漸明白了，明白了那一片山水，知道了過往的曾經。怪不得，幾姐妹的長相，有這麼大的不同呢。歷史特殊啊。

五朵，家中最小的一個，她只用了母親的眼睛、父親的品質，其他的，基本是隨心所欲。也許生到她這兒，母親的體質嚴重透支，五朵有一口先天鈣化的小碎牙，像乳牙永遠沒換過。然後，是細胳膊細腿，曲裡拐彎。可是她的性格，卻寧死不屈，極有主意，屬於那種幹出驚天事，嚇死人不償命的孩子。按說，到了她這，母親該停止了，不，這個能生育的母親，又一氣，生了三個，都是女孩，其中一對還是雙胞。如果都活著，她們就不叫五朵金花了，而是八仙女。那一對雙胞，在她們一歲多時，先後夭折。故鄉有種說法，雙生，一死皆死，一活均活。另一個，當時起名飛燕，她在一週生日那天，飛走了。

這個有著頑強生殖力的母親，在她花甲之年，也故去。鄰里感嘆她走得太早了。母親自己不這麼看。她說，她少年時讀過一本書，裡面說，女人的胎盤上共有十八個點，那是上帝造的紫河車。十八點，十八胎，十八胎生完，女人的生命圓滿。肉體結束只是一件衣服用破了，靈魂，是直接飛上天堂的。

算上她生的男兒，還有流產的，可不正是十八胎。

這樣的解說令四朵悲喜交集，她難過的心漸漸平復。

父親再娶了。這個有著直鼻方臉闊嘴巴的男人，他的英武，從少年時，就使眾多女性喜歡。如今，依然是一個帥老頭兒。四朵通過看家譜書，知道了奶奶是滿族人，趙姓。而爺爺，一個黃頸漢子，漢人，給旗人八大營裡挑水餵馬的馬夫，如何贏得奶奶的芳心？要知道，那時，滿漢是不通婚的。況且，一個馬倌。然後，四朵一點一點尋找，打問，終於知道，勤懇、能幹、忠厚、老實，這些人間美德，無論什麼世道，都是金不換的，是安身立命的法寶。奶奶和他結婚了，他們生下的孩子，不再是黃頸漢子，而是一個身強力壯，鼻直口方，一雙藍瓦瓦眼睛又略呈灰色的一個美少年。對，藍中略帶灰，大大的杏核眼，那是從奶奶臉上搬過來的。而奶奶的奶奶，曾是錫伯人啊。

四朵進一步查考到，在上個世紀三十年代，日本侵略東北時，打出「五族協和，大東亞共榮」的旗號，其實，在東北那片廣袤的土地上，何止五族，十族、二十族都不止。多民族的融合，多民族的匯集，讓那裡的人們，野草一般風吹雨打而不懼，且生生不息。

父親這一脈，大致捋清了奶奶的奶奶、爺爺的爺爺。而母親呢，她是直到閉眼睛，也沒搞清自己的身世。有限的記憶，大致整理，就是這樣：

母親嬰兒時，被姥姥抱養。四五歲，陸續從鄰居嘴裡得知，她的媽媽不是她的媽媽——這樣的話，讓只有六七歲的她，還很費解。她回家問自己的母親，什麼是「她的媽媽不是她的媽媽？」姥姥一邊詛咒「爛嘴的」們，一邊用不斷搬家來否定這個難題。但是爛嘴的們似乎對這一祕密十分感興趣，搬到哪裡，哪裡就不出幾天，又一批爛嘴的們。直到十二歲，母親明白了「不是親生」的含義，她便不再問她的母親了。這個祕密，一直，成了天機。

五朵金花中，四朵是讀書最多、思考也最多的人。中年以後的她，回望故鄉，恍然發現，不只是她們家，她的鄰居，小時候夏大叔、付大嬸、金嫂子、姜舅媽還有關奶奶，這些人，那戶口本上明明寫著「漢」，可是你看：夏大叔的窄瓦片臉、鷹鉤鼻、朝天的下巴，和他暴打老婆的習俗，那可實實在在是消失了的通古斯人習慣啊。付大嬸，她管餅子叫「餑餑」，管髒亂叫「埋汰」，管愛說話的人叫「窮嘞嘞」，管小孩子尿的床單上尿跡叫「河浪圈」，舒展一下衣服上的皺巴處，她說「抹撒抹撒」……，研究歷史的四朵，知道那都是滿語的譯音。付大娘本身的姓氏，「付」——來自於富察，她應該是富察家的後代。金嫂子呢，這個能幹的女人，她有了什麼重東西，從來不用手拿著、胳膊挎著，而是，頂，頂到頭上：去河邊的洗衣盆，她要頂著；從外面買回糧食，她也頂到頭上。小小個子的她，腿是非常羅圈的。細腿，羅圈，還一直穿著肥襠的褲子。腳下的一對瓢鞋，腳尖向上鉤著。她喜歡吃稻米，漬大白菜，冬天殺狗，像別人家殺年豬一樣——她應該是朝鮮人，不折不扣的高麗。姜舅媽和關奶奶，一個顴骨高高，一個眼珠瓦藍，四朵曾問過父親：他們一看就不像漢族人，為什麼戶口名簿上都寫著漢族呢？

「聽政府的唄。政府劃片，規定有比例，讓是什麼族，就是什麼族了。那時候，都這樣，誰管那個呀。這些事兒，老遠了，有年頭兒了，應該是建國初……」

有年頭就是有歷史，歷史是任人打扮的小姑娘，紮辮抹粉兒，勝利者說了算。四朵終於明白，她們姐妹，確實生長在一個多民族的聚集地，在那裡，土地遼闊，人種蕪雜，多民族的大融合，讓那裡的人們，像極了那片土地，狂野、剽悍、荒衰，又蓬勃。連族別，都是粗枝大葉，如當初皇帝賜姓氏，一家人也不例外……

——寫於二〇一八年春　石家莊

尋找神

一　上帝在哪裡？

少年時對天主的印象，是那久久迴蕩的鐘聲——電影裡，札西莫多，醜陋的敲鐘人，愛絲米拉塔……。那時不知宗教為何物，亦分不清天主教和基督教的區別。只是那鐘聲，那個在胸前畫十字的人，讓我產生了神祕、好奇。從此，內心開始了漫長的尋找。

我成長的故鄉是東北一隅，知道外面的世界，依賴一個叫「職工俱樂部」的地方——那裡除了開會、批判，還放電影。少年時陸續看過《巴黎聖母院》、《葉塞尼亞》、《兩個孤女》等，看到劇中人以上帝的名義，發誓，手捂在胸前覺得特別神聖。上帝叫「主」，耶和華，他兒子是耶穌，這些當時統統不知道。

十七歲到遠方去求學，那是一個成人學校，裡面的多數人，都成家了。一個男生邀我們到他家去玩，後來跟他母親熟了，她帶我們去隔壁參加活動，那是我第一次接觸「基督」。

隔壁是一家普通的院子，院落很大，屋裡，有幾個穿黑袍的婦女，她們在唱詩，有一架缺了很多鍵的風琴。院子裡，站滿了像我這樣的，懵懂看熱鬧的望教徒。我看到屋裡的那些婦女，她們唱一會兒，就有一個走出來，手持小紙箱，說什麼地方的房子塌了，砸死了多少姊妹——那也是我第一次聽到管「姐（ㄐㄝˇ）妹」叫「姊（ㄗˇ）妹」，她讓院裡站著的這些人，給那些姊妹捐錢，幫助她們。

同學的母親捐了一元，而我，空著手。隔了一會，又出來一個人，說另一個什麼地方的教會也倒了，需要維修，依然是讓大家捐錢。如是，一個上午收捐三次，院裡的人就走得差不多了。我當時很不好意思，隨同學的母親出來時，問她：「上帝為什麼老讓那些房子塌啊？全知全能的上帝，連祂的子民還救不了嗎？」

同學的母親用驚異的目光看著我，像是說：妳怎麼能這樣問？

在我們上學的周圍，還有一群半大孩子，他們經常跑來樓裡用廁所，喝水。那是一群十三四歲就已經不上學的孩子，據說沒有家長。一個叫瑤瑤的女孩，是大家的頭領，她高鼻，皓齒，抽煙捲，跳霹靂舞。跟隨她的另一男孩，能在伸著脖子喝龍頭水的情況下，腳下通了電一樣擰著霹靂舞步。他們每天的時光，就是學校、街道，據說星期天不出來，要去教會做彌撒——太保、太妹一般的孩子，他們是基督徒？

「對，是基督徒。」當地的同學證實。說他們在打完架，或說了髒話後，還會加一句：「阿門。」

職工大學畢業後，我回到了家鄉小城。二十一歲就成為母親的事實，讓我困厄張皇，智力似也在降低——女兒六個月，高燒不退，吃藥、打針均不行，求仙問藥。有人指點後山有個會扎針的老太太。

抱著孩子去了後山。挺大的院子，挺大的屋，老太太一個人。看見我們，也不多問，拿起孩子的手，略端詳，然後說：「沒事，好治。」進屋取出一根大針——做針線活的大針，在頭髮上劃了劃——這一動作我熟悉，我母親做針線活時，針鈍了，也是這樣。針尖鋒利，老太太拿針對著女兒的十個指甲縫，挨個扎。女兒自是哇哇大哭，老太太扎完，嘴裡唸叨了幾句什麼，然後用水瓢，到大缸裡舀了點水，讓女兒喝下，餘下的，潑灑到外面——潑灑時很有儀式感，對天揚一下，對地揚一下，然後，對著空中灑去。說：「明天，指定好。」

「要錢嗎？」

她說：「我是基督徒，替主治病哪能要錢呢，不要。」

後來，女兒的燒，還真退了。但是這次記憶，至今想來還痛，也難原諒自己的愚昧。

冬天裡，我們住的平房全靠燒柴取暖。一個叫小波的後院男孩，他經常來幫助劈燒柴。據說他母親是基督徒。有一次，我在路邊哄女兒玩，從胡同裡走出一位黑衣婦女，她的背影挺直，清癯，同樣在路邊閒聊的鄰居女人，指指戳戳地說：「那就是小波他媽，個個禮拜都不消停，去做什麼禮拜。主啊主的，我看就是精神病！」

這個信基督的女人，在我們小城被視為「精神病」。

上帝，廣場，尖頂的教堂——冥冥中，我也非常需要這樣一個地方，讓我安坐一會，停泊迷離的心，休憩不安的魂。

女兒四歲時，我們來到了中原。去過寺廟，也找過教堂。直至這時，對上帝的了解，也僅止於一本《聖經》。難以相信，耶穌能讓死人復活，上帝能復活他，為什麼不拯救芸芸眾生？

耶穌被釘十字架，固然是苦的、痛的，可他流的血，跟我們有什麼關係啊？說他為我們而死，而流血，但我們的傷和痛，一點也沒減少啊。

一晃，過去了二十年。

找不到答案。

再次走近基督，緣於一個早晨，電梯裡遇到一個老太太。那天電梯在下降的過程中，晃了幾晃，待停下來，大家驚魂未定，發著牢騷。只有這個老太太，她條分縷析，深刻地批判，她說物業只管收費，不管維修，只管要錢，不管服務，怎麼怎麼……，我對她頓升敬意。出來一路搭訕，老太太約我週末去基督堂，傳福音，我當即就答應了。

那天，路很遠，曲裡拐彎，用了很長時間。怕錯過，老太太一直歪著脖子向外看。終於見著了一個木十字架，掛在樹杈上，順著木板指示的紅漆箭頭，找到了裡面的「堂」。一個披著白布單的小夥子，出來幫我們指引泊車——狹窄的院內有七扭八歪的自行車、小貨車，機動車根本沒地方停。我還奇怪，一個正理髮的男人，他怎麼熱心地出來幫我們停車呢？進堂後才明白，他的白布單是白袍，他是牧師。

好冷的堂，平房，沒暖氣，連排的塑膠椅，好在上面有坐墊，墊子肯定是各家捐來的，顏色布料不一。講臺上，一個年輕的女老師在講道，她說：「人不去信天主卻信一塊泥巴，說那是佛，一塊泥巴，怎麼能是佛呢，它能管什麼用呢？」

中途休息時，老太太推銷我買了一些聖品。太冷，出來找廁所時，我順路就回家了。

後來，聽說有一個大堂，很大，很正規，是外國人在這建造的。一個星期天的早上，我獨自開車去了。到時，禮拜已結束，進得堂來，在後牆的牆壁上，正有一婦女趴著嗚嗚哭，她頭抵牆，沒有哭詞，就是嗚嗚嗚……，另有零星三四人，在忙著收拾什麼。我到中間的一排椅子上坐下來，向前臺看——實話說，對宗教好奇在我這是超過了信仰的。這個堂，很像我家鄉少年時的職工俱樂部，很可能，它就是俱樂部改造的，樓上樓下，雙排過道，主席臺……，不是跟老家的俱樂部一模一樣嗎？這時，一個婦女走過來，她問我：「有難事兒？想求主給妳解決？告訴妳，來這，不能上來就求，妳得先給主做點什麼。」說著，她坐到了我身邊，手裡拿著一個收音機大小的白色物體。

求主什麼呢，我還真沒想好。我只是想，有一處讓我心靈靜息的地方，讓那個叫靈魂的東西，安詳好受一點。我憋了半天，不知如何回答。她說：「妳肯定是第一次來，剛來的，都這樣，啥也不懂。我告訴妳，到這來，妳得會求，求不當，就不得。妳要先在心裡說：『主啊，求祢使用我，我要獻給祢，願意被祢使用……。』哎，妳不是啥也不懂嗎，回去，先聽聽這個——」說著，她把手裡的東西用食指一摁，小盒子裡發出一種像說書人的錄音。她說：「裡面在講道，買一個吧，回去學學。」

我問：「這是收音機嗎？」沒等她回答，過來一女士拍她的肩，顯然是約好的。賣我小盒子的婦女顧不上我，起身和她去了後面小屋，像是急取什麼東西。

前面的主席臺上，有一塊大木板，上面寫著「以瑪內利」。這樣的主席臺，這樣的環形樓上，是我經常開會的格局，不陌生。這時，又一婦女走過來，她讓我：「走吧走吧，要關門了。想學道，下禮拜再來。」

再後來，我還參加過一次家庭的「團契」。其中幾個都是業內的退休領導，他們的嗓音都很好，他們把「東方紅，太陽升」這樣的曲調，換成了耶穌的詞兒，讓我聽得恍惚，也覺滑稽。小小的居家廳室，坐著這一幫兄弟姊妹，大家膝蓋頂膝蓋，距離太近了。

去年，春天，終於，我知道了本地的神學院，是臺灣一朋友的薦引。這所學院的很多神甫，都去境外進過修，在這，我才懂得了天主教和基督教的區別。在這裡，有院落，有做彌撒的尖頂教堂，我非常想升起虔敬之心，可是，見第一個神甫，他是唐山大地震劫後餘生的孤兒，他的眼神，還閃爍著驚懼。那個主禮的神甫，應該是農村來的，他的口音，還聽不大懂，染黑的頭髮，也幾天沒洗了，打著綹兒，上面浮滿頭屑——這和電影上那白髮蒼蒼的慈祥老神甫相比，差異是太大了。

修士和修女們，裡面是厚厚的絨衣，外面披著白袍，纖維的質地薄而輕，披在上面可不就像理髮店的白布單？神性、肅穆、聖潔，看來還是需要一些外在的裝飾才行。

讓人略感安慰的是修士修女的歌聲，他們年輕的嗓音、清越的喉嚨，讓唱詩高遠而美。天熱了，很熱，教堂沒有空調，小修女們都很聽話，讓把頭髮剃短，就一個個頂著蘑菇頭——無論什麼臉型、身材，都是蘑菇頭；讓T恤衫內再套一件，別顯胸，就都穿著熱而難看的運動裝。這樣的教導是為模糊性別，免讓修士們分心。還有一些規矩，小修女們也都嚴格遵守，她們多數來自農村，信主，愛耶穌——她們認為有飯吃、有衣穿，都是主的恩典。而持續的高溫，我們這些「望教友」的紗衫紗裙，對於身著運動褲的她們，是一種殘酷。

有一天，剛進教堂，那個胖乎乎的小修女，就跑過來，為難地對我說：「不要坐右邊，右邊是修士們坐的地方；不要穿短裙，要長到腳脖；不要化妝，要……。」她的眼神是那樣不安，表情那樣為難，我笑了，和氣地問她：「誰規定的呢？」

她扭怩了半天，說：「班主任。」

她們的班主任，就是那個老修女，電影上叫「嬤嬤」——我心下笑了，此前，一直拿電影上的教堂對照，神聖、肅穆、鐘聲，現在，什麼都沒對上號，而那個悍嬤嬤，卻像極了。

耶穌不是愛世人、愛天下嗎？祂怎麼會願意讓大家熱死？祂難道不願意這些「淨配」，衣著舒適、清爽漂亮？而會高興現在這樣，悶熱臃腫、男女不分？

那之後，我又去過「西三教」。聽朋友說，基督堂較「人性」，它不管你是穿裙子還是穿褲子，牧師也可以結婚，禮拜時，也沒有那麼多的「跪」。「西三教」，這是一個有些奇怪的名字，二十多年前，我剛來這個城市時，就曾納悶。現在，知曉了，它是一個老教區。走了好遠的路，又是一個廢棄的工廠，裡面有各類商販，進去時，正有一輛輛貨車向外出，車上是滿載的彎曲廢鐵管，還有泛著魚腥味的爛菜……。平房教堂，是曾經的倉庫，裡面坐滿了人，小凳子沒有靠背，坐在上面很累。講道的是一個髮稀老年男，他正講到耶穌五餅二魚的故事，他用現代生活打比方，說有的人光想掙錢，結果白忙；有的人不用想，只要信靠耶穌，天上是能掉餡餅的……。我聽了幾句就出來了，這樣的道，難入我心。

從這裡出來，我望著灰暗的天空，想：差不多，我去過這個城市所有的「教堂」了。有一次，還按圖索驥，找到過一處商業寫字樓，裡面的一間屋門上寫著「天主堂」，進去聽，全是女的，她們在傳銷化妝品、保健品。是不是，這個城市太土氣、太落後？一個一個的「堂」才如此讓人失望？我要到北京去，去北京尋找聖地。

一個培訓的機會，在北京，我坐公交去了天主堂。應該承認，這個堂的鐵柵牆、牆下水泥塑的十二門徒，藝術水準很高，他們傳神的表情，富有藝術感染力。堂不大，但比起那些倉庫，已經很好了。不到九點鐘，早晨的彌撒還沒做完，長條椅，跪凳上有海綿。我遊遊弋弋，走到左前方，想看得臺上真切些。十字架上有耶穌，兩邊是高高的平板電視，吊掛，牆四周，十四苦路圖。座位前排的中間站著一個老婦人，她在給大家唸聖經。

堂內五十餘人，都是老嫗老翁，平均年齡過七十了吧，都睡著了。離我較近的，正流著口水。為什麼來教堂的，都是些老弱病殘呢？那些壯碩的男丁，怎麼一個不見？是不是他們跟這個世界拚殺有力氣，才不需要宗教？右前方，一個看不見臉的平頭胖子，他海藍T恤衫，壯闊的肩膀，在這滿堂老弱中間，顯得昂揚。那個唸聖經的老婦唸完，又有一個老婦站起來，唸。醒來的人撚著手裡的串，像是在唸《玫瑰經》。我有些無聊，打開眼前的書，看。不知什麼時候，一對鏗鏘的腳步走來，回頭看，是那個平頭，她原來是女人啊。她和另一個正肩並肩，身上披著半截白紗，類似於騎電動車防曬的那種——她倆走到前面，跪下，做了幾個動作，動作很複雜，有十來分鐘，做完了，回到座位。

要結束時，一個瘦弱的老頭，他開始挨座收拾，一摞一摞斂書，斂好放到前面的櫃裡。然後，又手執木棍，挑著黃布，分別蓋到那兩個平板電視上。電視很高，用木棍當手，有一些難度，但這個老頭有耐心，也有技巧，他用木棍杵來杵去，把那兩塊黃布杵得端正平整。這個老頭應該相當於電影上那個敲鐘人吧？現在沒鐘可敲了，他收書，蓋電視，打更，勤雜。

我站起來，走向第一排，我很想仔細看看，看看這個堂的一切。藍衫平頭，就是那個壯碩的婦女，她側過臉來狠狠地瞪了我一眼，我是躡著腳啊，瞪我幹什麼呢？由於凶狠，她的眼睛瞪出了三層眼皮兒——眼珠都暴突了。她低聲而有力地命令我：「跪下！」

我嚇跪下了。

她說：「第一回來吧，啥也不懂。禮拜天過來吧，給妳上上課！」

我說我是出差來這裡的，到不了禮拜天，就該回去了。她就不再搭理我了。跪著沒意思，我起身，出來，看到某某街道辦事處，也在這個院裡，是合屬辦公。牆上的黑板報，貼著廣告信息，優惠，教友們參加梵蒂岡朝聖幾日遊，早報名早得利，價格便宜，三五萬不等……

回來的火車上，我在看第二本利瑪竇的傳記書。尋找了這麼久，其實，我是受著這位教父的指引，利瑪竇的一生，真可謂光輝偉大，披肝瀝膽。為了傳教，他的生命停止在了五十九歲。他的品德、才學，為神聖的事業嘔心瀝血，他才是一個真正的聖徒。他又不只是聖徒，他的淵博、學識、為人類文明做出的貢獻……，他，才是上帝。人間行走過的上帝。

遺憾的是，此行，竟沒有找到他的墓，拜謁。

下次，一定。

二　中國式女佛徒

對佛的認識，也是緣於電影。電影上那些失了寵的大婆兒，整日坐在光線昏暗的屋子裡，手撚念珠，嘴唇翕動，她們用唸佛來麻痹神經，唸佛來打發餘生。

姥姥也信佛。但姥姥不是誰的大婆兒，相反，姥姥一生金光燦爛——她有過警察署長的丈夫，當過富商巨賈的太太，到了老年，還成功地嫁給了一個健康的光棍兒漢，姥姥威武。

姥姥不是親姥姥，母親是抱養。姥姥信佛並且很靈的一個標誌，是有一次，她家著火了，那樓又老又舊，木質樓梯，大火著起時，像巨龍的血盆大口，人們紛紛抱了細軟逃離。而姥姥，她鎮定地抱出她的小金佛——她懷裡抱著小金佛，踮著小腳，一出來，那風向，就變了。原來還張著大口活吞她們的火龍，一扭臉，撒著歡地向西奔去了。人身、財產均保。

對姥姥的印象，多緣於母親——姥姥會打麻將，喜抽大煙，年輕時旗袍、高跟鞋，胳膊上有金鑲玉的「單挎」，來的客人都是馬靴、洋車，手裡莆包裹著空運的鮮貨——家裡整日不動煙火，叫館子，雇廚子……。即使到了老年，姥姥的生活品質也不低，頑強地活到了九十高齡，國家領導人的壽數。她手裡有錢，雇鄰居當小差，老鼎峰的點心、秋林的紅腸，要嘛有嘛，吃嘛嘛香。

母親說，姥姥一生什麼都不信，她只信錢。

所以，姥姥是個一生吃喝享樂的女佛徒。

在我們家，近來，又出了一女佛徒，她因為婚姻受挫，處級幹部也不要了，早早退休。比起姥姥，她顯得脆弱。退下來，在家裡倒出一間屋，修了佛堂。

早燒香，磕頭。中午亦是。晚上，再一遍。她修了有快十年了，她說她已經看見了佛光，通了靈。她每天所做的，一切，都是在修業，她說此生沒活好，修來生，不墜六道，不再輪回成人，她的目標，是西天，死後進佛的天國。

對她的修為，我既理解，又悲哀，我知道，那麼多那麼多的人信佛，找宗教，是求，求財求官求驅病。而她，在求活。如果不是信了佛，她可能，活都活不下去了。她的精神，已近乎崩潰。她有兒子，兒子不親。有兄弟姐妹，大家也少往來。父母早逝，活著時，也沒給她留下多少溫暖。這樣的生活，等同於荒漠。加之，她又沒多少文化，閒下來是單調無聊的。如果不信佛，她每天的時日，如何打發？

一個大學女教師，也信佛，她信佛的緣由，也是夫妻感情不睦。她說如果不是走上修佛之路，靠唸佛來平復內心，她的精神，也快撐不住了。有一次在道場，她心裡對菩薩說：「菩薩啊，很多人都看見了你，相信你，我修了這麼久，你也讓我見見吧。」禱告到這兒，奇蹟發生了，她的手上，真的來了一滴露，甘露，觀音瓶裡的那種——她說屋裡沒有水氣，沒有霧，房頂更不漏，這滴露，憑空而來，滴在她手心，不是神蹟，又是什麼呢？就是觀音顯了靈，她信。

說這些話時，我們面對面坐著。這個老師容貌秀麗，語氣溫婉，如果不是她就坐在眼前，聽人這樣說，我一定會認為她的腦子出了毛病。現在，活生生的她，一個才華出眾的大學老師，她怎麼會相信手上的一滴露是觀音所賜呢？

我驚愕得說不出話。

家族的女佛徒，和眼前這個大學教師，都相信神蹟。每當我對信佛人有質疑，覺其愚昧，這個姐姐總是很生氣，她糾正道：「我是學佛、修佛，不是信佛！」

這個姐姐說，修了佛之後，她把一切都看開了，雖然夫妻離散，兒子不親，那都是上輩子欠下的。只有修了佛，才知道血緣親情那都是人類的無知。其實上輩子，誰跟誰什麼關係，說不準，這輩子是親人的，上輩子可能就是仇人，父與子，弄不好是債主和債務的關係。六道輪回，人變畜，鬼變人，是經常事。她說雖然她一人生活，並不孤單，經常有鬼在半夜裡，來她們家幫她幹活，比如第二天早晨的衛生間，地面和洗漱臺，被鬼給擦得精光鋥亮，比小時工幹得都好。這樣的鬼，就是她前世的恩人，這輩子來報答她的。

她說這些話時，我也錯愕。

有一段，這個姐姐還自稱活佛，退休後，她的工資就相對少了。有一次我給了她點錢，她說我這樣做，是對的，會得到她的渡化，一人成佛，九祖升天，她首先就要升我。她還勸她的兒子，經常給她點錢，表面上看，這錢是給了她，實則，是積福報呢，因為給了她就等於供養了活佛。這個姐姐的房屋居室寬大，做佛堂的那間，有近二十平米，她給我講叩頭的法度，下跪的規矩，手指上的蓮花何時開……。她還告訴我修佛的好處，說東北的一個老太太，八十多了，頭髮一根不白，還滿面紅光。曾經的瘸腿，現在也能站起來了，走道蹭蹭的，不但自己沒病了，還能給別人看病。

我說她也許沒有八十，也許頭髮是染的。

她就生氣了，說我謗佛。

其實尋佛的路，我也走過。那時還年輕，帶著孩子剛來這個城市，騎著自行車，到一個叫什麼寺的地方。寺很大，門前的廣場更空曠，水泥鋪平，和周遭村莊的灰土揚長相比，這裡很高端。當時找不到教堂，來這樣的地方，坐一會兒，也應該挺好吧。我和孩子，進到大廳，看到地上放著一些黃色的方包墊，是供人跪或坐的吧。一個高壯的姑娘，身上穿了一件灰袍衫，態度既不凶也不熱情，較木，像沒看見我們一樣。另一個胖和尚，笑咪咪的，他走過來，伸出肥厚的手，掌心裡，是兩枚金光閃閃的小佛像。他讓女兒「拿著玩吧，開過光的。」那天我們跪下來，求佛保佑，保佑我和孩子……

沒幾年，再過那處寺，它已經被周遭的樓房掩蓋得看不見了，前年冬，一個北京的作家朋友，來這裡出差，要看看寺廟。我車技不佳，選了個近的。轉幾圈都靠不上前——曾經的那片大廣場，已經被攤位占據，廟門，也小得要命。殿裡的佛像落滿了塵灰，原來是一圈，現在，滿殿都是，水泥樁一樣林立。佛像前供著的水果，失去了水分，皺巴巴的。一個玻璃櫃檯後賣佛品的老頭，不時地勸我們買點什麼，說都開過光的。這時，我突然想，那些尼姑，寺裡的尼姑們，她們每天，都在幹什麼呢？這樣想著，我問賣佛品的老頭，他一揚手，指向側門，說：「後院，她們在後院。」

嘎吱吱，門被我推開了，後院滿是雜物。好奇害死人呀，我正睃尋著，一個尖利的聲音突然大叫：「妳要幹什麼?!」

「我，我，我想看看尼姑。」

「什麼?!什麼?!妳說什麼?!」遠處的光頭，疾步向我衝來，來者不善，她分明是聽清了我說什麼，可是還這樣厲聲喝問，一定是我說錯什麼了。我邊後退邊囁嚅，說：「我想看看，尼——姑——。」

「誰是尼姑!誰是尼姑！」——她的光頭和臉像商場的塑模，這讓我更加驚駭了，一定是「尼姑」二字讓她發了火；可是不叫尼姑，她們又叫什麼呢？我且思且退，她若衝上來，打我就糟了。退回到側門邊，吱溜鑽回來，她也跟進來了。光頭女人一直追至我到玻璃櫃檯旁，依然不依不饒，逼問：「誰讓妳到後院去的?!」

我懦弱地出賣了櫃檯老頭，說：「他。」

尼姑用鼻子哼了哼，說：「老張你，幹不出好事！」說著用指頭點了一下他的腦門。

在我們老家，這一動作，含有昵狎，也表明了緩和。那個老張不懼她，回了一句什麼，還用手推了一下她的肩膀。尼姑笑了。

女尼的手裡不知什麼時候有了塑膠兜，她風一樣颳至供臺前，把那些皺巴了的蘋果嘩啦啦收納其中，連續地，裝了兩兜，拎過來，分給老張一兜，另一包，她放到了側門口。

我膽子大了，也是好奇，問她多大了，怎麼進寺的。

她讓我猜她的年齡。進寺的原因嘛，現在不能說。

我當然往年輕上猜。她高興了，告訴我，六十了。

為了套近乎，我問她：「什麼條件可以當尼姑——」尼姑一出口，我又驚出一身冷汗，趕緊改口，請教說：「像您這樣，也來寺裡，落髮。」

她傲慢地說：「這可不是誰想來就能來的。到這來，頭三年，得先給師傅打水、掃院子，伺候師傅。三年過去了，看師傅留不留妳，留下妳，也不是白吃飯的，每月，要交錢。」

「交多少？」

「三千、兩千都行，看妳誠心。」

近距離的，我才看真切她塑模般的臉，是打了粉底的。塗脂，口紅，才有這樣粉嫩的效果。她確實不老，如果不是光頭，她應該是個美人呢。看我走神兒，她大步去提了水果，向後背一揚，從側門「噔噔噔」地走了。

寺裡的尼姑表現，讓我佛緣到此。

三　「回子」原來是叫伊斯蘭

在我初進工廠時，工廠裡馬姓居多，他們為什麼都姓馬呢？有人告訴我：「因為他們專吃馬肉，他們就姓馬，他們都是回子。」

「回子」即是回民，在大家習慣的叫法中，張回子，李回子，馬回子，喊得頗為順口。那時候，在我們東北老家，身邊隨便一看，朝鮮、蒙古、滿族，錫鉑、鄂倫春、蘇聯混血兒，全部都是少數民族。東北人說話語氣重，也粗礪，最後咬音一定會落在「子」上，如中俄混血是二毛子、三毛子，朝鮮人就叫高麗棒子，蒙人一律是大鼻子，錫伯人叫灰眼珠子，鄂倫春的是紅臉蛋子——他們沒有惡意，根據特點來對人稱呼習以為常，他們對漢族自己，也是視其特點張嘴就來：張大巴掌，李小個子，王二埋汰……，他們實在是不當自己當外人，被外邦嘲諷為「自來熟兒」。

工廠裡沒有現代化裝備，一切還是人工。一把好力氣，在大家眼裡就是英雄。一馬姓女子，可能只比我大兩歲，她細高、清秀，走起路來細腰像柳枝一樣搖擺。這樣的姑娘，有一天，她竟一手一隻水桶，裡面裝滿的是水泥——男人用扁擔挑都顫顫巍巍的，現在，她竟然，一手一桶，提著走來了。

太巍峨了，太恐怖了，她是大力士嗎？她是神啊。男人拍著巴掌起鬨，鼓呼，因為大家的叫好兒，她更逞強，一路上臉都累白了，也不放下歇歇。最後轉黃，再轉灰、黑，待到了地方，她的整個人，隨著水桶，麵條一樣軟了下去……。男人們紛紛說：「這小女回子，太能幹啦。誰家要是娶了她當老婆，可撿大便宜了。」

她是女回民，那次累病了，她也不後悔。她認為這是對她最高的誇獎。

馬姓女子的哥哥，也在這個工廠，相貌沒她好看，工友們有時叫他馬回子，有時叫他瘦猴兒，他從來不回頂。大家說他什麼，他都像沒聽見一樣。回漢通婚，大家有很多感興趣的話題——人家兩口子飯咋吃、覺咋睡？生孩子又採取的是什麼方式？也議論回族死了身上纏白布，感嘆人家乾淨，比咱們講究。每當大家拿這些當娛樂節目時，馬回民一對不大不小的眼珠，定定地看著遠方，臉有些耷拉，嘴角也下沉，一對薄大的招風耳，像綿羊，加之粉紅的鼻頭，有人發現了新大陸一樣說：「哎，你們看，看看，怪不得他們總吃馬，吃羊，你看他，多像羊，越長越像羊了。」

馬回民不吭聲，眼睛像羊一樣沉靜憂傷。

穆斯林、伊斯蘭、《古蘭經》、清真寺、阿訇——這些都是我到了中原後，才陸續懂的名詞。此前，就知道工廠裡那些人是回民。讀到張承志《北方的河》、霍達的《穆斯林的葬禮》，感嘆這個民族出了這麼多優秀的作家。身邊的回族不多，但偶遇一編輯朋友，她是一回族男子的妻子，這個姑娘嚴謹的工作態度，過人又低調的工作才能，讓我敬畏起這個民族。這個飽受爭議的民族，究竟是怎樣一個國家呢？

令人思索。

前年回老家，意外見到了馬回民，他現在，已經是大阿訇了，還當上了人大代表、政協委員什麼的。

遇見他，正是在他家的院裡，院子正中，蓋著一個圓頂的小清真寺。那天，我是和一當年的工友，去看望一個女工。我們千辛萬苦，才打聽到了女工冬青的家。拍響大門——東北的民房院頸特別長，屋門離院門有一大段的距離，透過門縫，我們看見屋門口站出來一個人，她高聲喝問：「幹什麼?!」

我們說找冬青。

她說：「我姐不在家，滾！」

應該是她妹妹，臉盤兒一樣，她怎麼這樣了呢？此前，隱隱聽說，冬青受生活的打擊，精神有了點問題，現在，她的妹妹？

我們說是妳姐姐的朋友，來看看她。

「滾！臭流氓，再來禍害我姐，我砍死你們！」

我們愣了。怎麼會這樣？

「還不走？再不走我取刀去！」她轉身回屋。

我的腿當時就嚇軟了。我們慌不擇路，四散奔逃，連陪伴的男工友，說話都結巴了。逃命的速度是一樣的，但他還爹著膽子斷後。邊跑邊回頭，那妹妹果然手持菜刀追了出來，我們肯定是跑不過持菜刀的女精神病的。小時候，鄰居家，就有一些精神出問題的女人，一發病，大冬天的能在房沿兒上嗖嗖跑，不摔不滑，速度奇快。母親說她們的體內有了妖魔，妖魔撐著她，在跑，普通人是沒法追的……。也怪，在我們那，曠地荒野，這樣的女人特別多。已經聽到身後的風聲了，我們閃身躲進了一個院子，正是馬阿訇的家，他也正手持菜刀，宰兩隻大公雞。兩隻雞一併提在手裡，向後彎頭，雞已經放完了血，看我們進來，他繼續滴血。工友和他很熟，說明後面的追殺，他說沒事，她妹妹天天都這樣。

快如閃電的持菜刀女衝過去了，她沒有向院內張望，直著線，一直跑，這也救了我們。

可是嚇破了膽的我，也想在此多停留一會兒，一旦出去再碰上她回來呢？

可馬阿訇沒有多留我們的意思，他表示很忙。

我打聽冬青和她妹妹，是出了什麼問題？

馬阿訇沒有停下手裡的活兒，說這姐倆，都是因為男人。

我又問起清秀，他的妹妹，當年那個一把好力氣的提桶姑娘。馬阿訇沒興趣深說，只說也結婚了，去了外地。

再嘮下去沒意思，我們出來。在回賓館的路上，迎面，又遇一女子，大熱天的，她穿西服，裡面卻是光裸，露著兩隻昂揚的乳房，腳步咚咚的。又是一個瘋女人。工友說，她精神病好多年了，天天街上走，沒事，不打人。

晚上，電視上看新聞，心裡疼惜著家鄉這些精神出問題的女人。忽然，一條暴力畫面插入：南方一火車站，一夥手持長刀的暴徒，在追砍無辜人群——他們是一夥兒哪個哪個族的暴徒……。「萬物非主，只有真主」——這個發明了阿拉伯數字的偉大民族，是什麼，讓他們有的人這樣？看著電視，心有戚戚。

悲傷了一個夜晚。

補記：

前不久，隨女兒在歐洲拜謁了米蘭大教堂、梵蒂岡、聖彼得廣場，有幸趕上方濟各教宗主禮。禮後他在辦公室，向廣場上的萬人講經。八十歲的白髮，八十歲的聲音，全是義大利語，聽不懂，卻一陣陣肅穆襲來，真的彷彿那聲音來自於天上，天國。

精神、靈魂，這兩樣平時看不見也不曾觸摸的東西，此時，似和身心渾然一體，靈動飛揚……是為記。

——寫於二〇一五年夏

二〇一七年春修訂

二〇一九年五月再修訂

二〇二二年五月閱修

我願意這樣生活

一　春行冬令　小雞放進鵝群

母親生下我時，來賀喜的鄰居俯身一看，說大胖小子。他是根據繈緥中的體積來判斷我的。其實，我是姑娘，女兒身。可是，就因為這個一出生就天然標準的體積，過早顯高的身量，日後，成了命運亦喜亦悲的一道符。

當我長到五歲時，七歲的姐姐，她到了上學的年齡。母親說：「九兒，妳姐姐的奶，都讓妳給吃了，現在，她太瘦、太小，該上學了還沒長成個兒。怕挨欺負，妳跟她一起上學吧，算就個伴兒。」

我的智力尚未長足，卻過早地入了小學。那時姐姐剛及我肩膀，我們走在一起，很多人誤以為我是她姐姐。可是，一遇到事兒，大家就看出誰是姐姐了。比如，遇到蟲子，泥土路上爬著一隻花斑虎樣的洋喇子，見那東西我嚇縮了骨，渾身也起雞皮，站在這邊不敢動。這時小姐姐走過來，她吧嘰一腳，若無其事，踩死走了。同時還拉起我的手，為我壯膽兒。

都坐到課堂了，我神經還停留在剛才她的那一腳上，腳底與蟲子的血肉碾壓。不能想，不敢想，還忍不住想，一想，心裡就一陣拘攣，非常難受。

記得作家木心說過，文學藝術，它只屬於少數人，少數敏感多情的人。我應該算敏感脆弱的人吧，後來和藝術相遇，一下便彷彿有了一張網，一道屏，一個獨立的精神世界。安於其間，稍覺心安。同時，那廣泛的閱讀，極大的熨貼和撫慰了我恐懼的情感。

——後來一生不離不棄文學，也與這有關吧。

那時，我們太小了。當我們上學遇到劫道的小混混時，我沒有起到母親賦予的保衛作用，那些混混年齡比我們大不了幾歲，有男有女，他們主要的挑釁方式是先吹口哨，說下流話，再步步逼上來，讓交出書包、交出錢什麼的。還有更壞的，他手中拿著一枚熟透的西紅柿，對著妳的白襯衣狠勁兒一嗞——白襯衫上的一片不明紅色便永久地洗不掉了。這時，又是瘦小的姐姐，她掄起書包，對著那些人猛砸。人小，脾氣大，勇氣也超人，我已嚇得在一旁簌簌發抖，常常是她一個人，一個不到十歲的小姑娘，靠拚命，把那些混混衝得落花流水。然後她拉起我，說：「走，上學去！」

坐到課堂老師已經開始講課了，我依然長久地陷在剛才的恐懼中。腦子裡還是那些惡劣的畫面。有人說他不是嚇大的，我回想自己，好像就是在恐怖驚懼中長大。

姐姐因為個子矮，她坐在第一排，我呢，是後面。前幾排的同學多是學習好的，個子高，如果學習上需要照顧，老師也會給安排在前排。在學習上，小姐姐體現了「鹽吃到量，智力就足」的真理。她學習很好，回答問題也快，我呢，既聽不懂老師在說什麼，也記不住她留了哪些作業，她的口音在我聽來像外語，像天書。大家背後叫她山東子，後來，我才懂那是江蘇的口音。

我們在三年一班，我更喜歡三年二班的張老師，教語文的，她說普通話，燙頭，衣服也好看、乾淨。而我們的劉老師，說話山東八味，小短髮沒有型，還睡覺壓得扁平，牙齒上一棱一棱的，還黃。她對學習成績不好的同學，怒斥時愛咬著那對棱黃牙，痛斥。那個痛斥的印象，讓我記憶非常深刻。比如她痛斥我：「曹明霞妳看看妳，和妳姐一個媽養的，吃一鍋飯，也是一個老師教的，可她咋學的？妳咋聽的？天天啥也不是！就長著兩隻大眼睛，浮精，浮精！」

——「浮精」兩個字，曾長久地釘在我心，那時也不明白它是什麼意思。在我們東北老家，如果誇一個人，無論男女，會說：「這個人真精神！」精神即是漂亮，也含著聰明，還有精氣神兒足。誇一個人精神，即指全方位。那麼老師說我的浮精，應該是即指精神是浮在表面，看著挺精神，實則一點都不聰明！她一定是很失望了。可她忽略了我提早上學，智力尚未健全這個春行冬令的結果。那時，我記得我整個的童年、少年，及至後來的青、年中年，都像慢半拍兒，一直處於跟不上點兒，拖在後面跑都跟不上的節奏。應該原諒老師的用詞不當，農時不對強扭的瓜，一定是苦澀的。

直到五年級，在學校才不那麼慌張了，還略感一絲溫暖。那時，二班的語文老師來當班主任了，在她考試時，我總能第一個交卷，還打過滿分。作文課，更是愉快的時光，我的作文幾乎每篇都是範文，有時是學生讀，有時是老師讀。張老師讀到興會處，會停下，長久地不說話，用眼睛看著大家——她的眼睛流光溢彩，非常好看。方方的嘴巴唇紅齒白，她會在此處，重點提問、講解，然後告訴大家這樣寫的好處、妙處。等她講評完了，作文講評結束，她還會說：「你們看看人家小明霞，再看看你們，她在班裡最小，比你們差兩歲多吧，可是她，回回作文都寫得那麼周正，字也好。你們呢，瞎劃拉，老蟑爬的似的。都是一個老師教的，一樣的課堂，課桌、板凳都一樣，為什麼，你們的差距那麼大？和她比，你們臊不臊得慌?!」

小小的虛榮心得到了滿足，也沖抵了不少恐慌。

到初中時，我進尖子班了。我們年級有十個班，我分在一班，文科是重點。我們的外語，跟一個日語老師學。姐姐在七班，她們是理科的重點，她們學英語。到了高中時，我們兩班共同上大課，一起學俄語。

這天，正上著課，我看到窗外有父親的身影，他的臉在窗上一閃。兩班上大課，常常椅子不夠坐，此時，我巴在姐姐的椅子旁，兩人擠一張椅子，我很不得勁。看父親來了，我都沒請假，就跑出來了。

父親告訴我，跟他回家，家裡有事情要跟我說。

原來，父親的單位接到了一項政策，這也是最後的一次，叫接班。所有的幹部、工人，包括有職級的領導，都可以退休，讓家裡的一個人接班，這個孩子可能什麼都不會，可是她或他接上這個鐵飯碗，就有工作了。如果不接，此後，再也沒這等好事。

父親說鄰居裡、同事中，家家都打翻了天，因為男孩太多，都想搶這個飯碗。有了這個碗，不但日後生活無憂，就是找對象，也抬高了一個檔次呢。

我家男孩也不少，五個哥哥。但他們都很有出息呢，大哥、二哥，已經去北京鐵路了，都是幹部。三哥，也畢業直接留校當老師了。另兩個，當了兵，飯碗不愁。家中的大姐，已經出嫁，出嫁的女兒，再讓她接個班，純屬胳膊肘往外拐。二姐呢，長得漂亮，已有對象，接近婚姻，班讓她接，跟讓大姐接是一個性質。按理，該輪到老三，就是我陪著上學的小姐姐，可她，依然長得那麼瘦小，個頭還是沒有我的肩膀高。母親和父親共同決定，這個班，由我來接。

我由一個正上著高中的學生，轉身，就成為工廠的一名工人。當時剛剛十六歲。上班意味著什麼，就像上學時懵懂一樣，朦朧中，只以為上了班就會拿錢，至於每天幹什麼，為什麼會拿錢，統統不知道。

那時候，鐵驪的很多工廠還是日本人占據時建立的，比如貯木場、木材加工廠。假滿洲時，貯木場用來貯原料，木材加工廠叫大二火鋸廠。木材原料都來自於莽莽森林，百年千年紅松，多少人合圍都抱不住，還有各種珍貴木材。那時候的生產方式是冬天把木頭伐倒，全是人工，然後藉著雪道，人拉，馬拽，牛拖，利用雪的光滑，弄到山下，小河邊。待春天，雪融了，河開了，木頭會順水向山下漂流。那些會趕木頭的人，叫水耗子，成排的木頭趕進河裡，並不是順風順水，有時水流湍急處，木頭會攢叉在一起，架起一座恐怖的木頭山，堵在河道上。這時候，那些高超的水耗子，就要大顯身手了。他們跳到水面，像有神靈附體，弱小的身軀只憑一根撬槓，三撥兩弄，擠叉在一起的木頭山，就破開了，繼續順水漂流。

而有時候，像是木頭也有神靈，變成了鬼怪，與人鬥力鬥法，本是叉在一起的一根根木頭，突然困獸一樣，跳躍翻飛，分分鐘就擠撞得人粉身碎骨。水耗子是一項高危職業，當時日本人都對這一行當起敬起畏，禮讓三分。

四九年後一切都是新的，一切都要新開頭。原來的貯木場、大二火鋸加工廠，都變成國營，叫木材加工廠。父親識字，是廠裡的幹部，檢尺、算帳，到他退休時，已是一個管理幾百人的現場監理了。我接了班，接不到他專業的技能。和我同時接班的還有兩個女同學，她們和我一樣，僅僅是剛離開書本的高中生。她們的父親怕她們吃苦，跟上級領導說，給她們安排一個輕省點兒的崗位吧，兩個人就都有了輕閒，一個掃地打水，一個是招待所裡搞衛生。我的父親臉皮薄，他不好意思開口，任我隨便分配到什麼地方。還好，我們剛上班，就有三個月的安全培訓，大會議室，比上大課還鬧哄，很輕鬆。臺上那個人講的安全知識，我們一點都不以為意，但是聽到死亡、傷殘，這些迫近的危險，還是很駭然。日本人時「水耗子」與木頭的粉身碎骨，現如今電鋸、機器，它們蛇信兒一樣瞬間就咬掉人的手指頭，或者整條胳膊，也有女工被捲入掀掉的頭皮……

相比較，掃地打水還是最安全的工種，是女工們都羡慕的崗位，也成了很多人，奮鬥的理想。

這時候，我才發現，我是那麼地熱愛讀書，那麼喜歡課堂。三個月的培訓結束，分到工組抱磚頭，也抱草，還抱瓦片。個子雖高，體力卻是豆芽菜級的，磚頭本來就碎，被掉落地上摔得更碎了。一捆草，也時常抱散了花兒。瓦片，原來摞在一起是整的，不等走到地方，又被我體能不支給掉地上了。在工組長（大家親切地叫他大把頭）的罵聲裡，我要麼抹著眼淚回家，要麼跑去找那兩個女同學。她們一手拎著掃帚，一臉地笑，對我說：

「不行吧，受不了吧，還是讓妳爸給妳找找人，去說說情吧，不然，幹不了。」

我父親不肯給我說，我母親教育我：「遇到一點點困難就退縮，未來的路還長著呢。苦這個東西，是早吃晚不吃。」

這些話要等未來若干年後，我才有所領悟。當時只有十六歲，只覺度日如年。我不喜歡工廠，我像高玉寶那樣，我要讀書。

個人的命運，是隨著時代的浪濤載沉載浮的。我們所生活這個國家，腳下的土地，龐大的社會，它有一個特色，就是以政策治國，文件治國，有時甚至是通知、臨時規定。一個通知，就改變了幾萬人、幾百萬人的命運。比如：當年的接班、頂職，一批人有工作了，鐵飯碗了；沒有多久，十年左右的光陰，國企改革，又有幾百萬、上千萬，鐵飯碗摔成泥碗了。那些政策或文件，有時颳東風，有時颳西風，也有東西風互颳時。順風的受益者，豬也能飛上天。逆風的，當然就摔落了地。還有在東西互颳中，碰撞破碎的。

比如出生的命運，來世一遭的劫數，五十年代鼓勵生孩子，還獎勵五元錢。那時戰爭剛結束，需要人口，就需要人們添丁。到了八十年代，人多粥少，就只允許生一胎了，那些拚命想來，已經在肚子裡成形的，任你托的什麼胎，是什麼轉世，也別來了，直接剪碎絞死，變成細細的絨毛。有些家庭的女人躲著偷著，千方百計把孩子生下來，逮住了，就要罰你個傾家蕩產⋯⋯。然後，又過了些年，到了新世紀，又沒有人了，又缺人了，又開始鼓勵、獎勵，讓你生……。能不能來世上走一遭，看你趕上了哪一段的文件、政策。

我受益於全國職工補習，那時叫全員輪訓。一期一期地辦，每期三個月。所有工人，都要輪一遍。補習班裡，上課只發基本工資，沒有資金。工廠裡的許多工人，不願意參加這個補習班，一是拖家帶口，二是也沒了坐到課堂裡的興趣。正好，他們的名額，由我來替。我願意輕閒。我是一個補習期一個補習期地坐在課堂上，風不吹雨不淋，聽課看小說，隨心所欲。四個三個月下來，一年就過去了。多好的時光啊。

整整兩年，我差不多都在補習班上，這可比掃地打水好多了。老師講的內容，我早已爛熟於心。課堂就是自己的一方小天地，讀書，練鋼筆字，冥思……，精神愜意。是那段補習班的日子，讓我成為一個終生都願意坐下來，靜靜寫字的人。

兩年後，還是受政策影響，那時有電大、職大，職工大學是脫產全日制，三年。我考入了職大，到伊春去上學。

同學們年齡參差，有十八的還有二十八的，也有三十八的。同齡女同學三兩人，餘下皆年長。結婚的、有了孩子的，也很多。從入小學，就像小雞丟進鵝群，一路走來，依然是這樣。好在有了圖書館、大教室，那就是精神樂園。我們所學的專業是經濟管理，畢業後很多同學都幹著與財務有關的工作，比如稅務局、財政局，最差也是國企大廠大當家、二當家的。成本會計，他們有辦法把帳面弄得平平整整，滴水不漏，禁得起這查那查，審計也不怕。廠長對他們，總是要敬三分、懼三分。他們掌著全廠的命脈，不然也不能叫大當家、二當家的了。我這時又顯出了弱智，對那些龐大的、成串的金額，一行行的表格，很懼怕，木呆。學了半天財會，連收支平衡都整不平，真是有點倆五不知一十。弄錯一位小數點，嚇出一身的冷汗。這個專業真是非我所長啊。三年的大學時光，坐在離窗最近的地方，看窗外白雲，發呆冥想，沉浸在玄空的世界，感覺頗好，精神安詳。

那時，我開始寫一些小散文、小詩歌了。詠長江，讚白楊，中學課本裡的那些範文，是我們的指導方向。這種文體的特點是抒情，啊、呀、哇、偉大什麼的。當時，我就把勞動磨出的手繭，那些長年幹活的人手上的繭子，寫成了〈繭花賦〉。對習以為常的河流、熟視無睹的晚霞，寫起來也都是「啊」、「呀」、「哇」的，空洞是空洞，主要是讚美。真實的內心沒有半點陶醉，相反，嚮往的是外面的世界。

小作品發表了一些，同學們覺得我很有才。他們常常說我是「那個愛寫字兒的姑娘」。到了畢業時，大多數同學都留在伊春了，也有去省城哈爾濱的。這時的我，慢半拍兒的特點又一次體現，我老老實實地回到了家鄉，原來的工廠。

全廠都是技工，大學生，只有我一個。這時候，我的有才、愛寫字兒，已經聲名在外。留在機關寫材料。廠裡的年終總結、季度總結，包括領導講話，還有工會比賽什麼的，凡是跟文字有關，都由我來寫。我在企管科兼著女工、播音、質檢及謄抄材料等好幾項工作。那時辦公室還是鉛字列印，長年打字的一個女工，她臉色始終是灰黃的，那時我們不懂那是鉛中毒。她生病時，打字機就不起作用，材料又急，領導就讓我，在一本稿紙裡，夾上三張複寫紙，我手握圓珠筆，用力如手握鋼釺，要使勁兒地寫。這樣，一份複寫完，可同時出四份材料。領導拿到材料，會點頭，說：「嗯，不錯，字寫得這麼硬，都不像女孩子寫的！」

閒暇時，我開始寫小說了。隨著廣泛的閱讀，懂得了文章不僅是哇呀啊，還有更深遠的、更廣闊的、幽微的、神奇的、迷人的……真正的語言藝術。那些有感染力、打動人心的作品，才是好作品。

我的辦公桌，就在窗前，有極好的視野。偌大的工廠，辦公樓只有二層，鬧中取靜。我極目，可以一直望到遠遠的大門口，那時的門衛房，也是收發室。每天十點來鐘，那個綠色老郵差的身影，會出現。他的車子是綠色的，背包是綠色的，衣服也是綠色。這道綠，成為一抹溫暖的記憶。

在我們家，我母親也是「綠色郵差」的盼望者，那時兩個哥哥都去北京工作了。他們每每寫信，裡面還會夾著十元錢。十元錢，夠全家一個月的口糧。信封夾寄，又省了些匯費。只是，它有點違規。如果碰上貪心的，對著光影照出裡面有錢，給你拆開來，吞為己有，你是一點轍都沒有。而且，它是平信。平信和掛號，在郵寄費用上，又是不同。那麼貧窮的年代，一切，都是為了省錢。

家門口的老郵差姓孫，母親喚他「她孫叔叔」。只要他一出現，就是家裡的福音了——有一次十歲的小哥當著孫叔叔面拆開信，十元錢一下掉了出來。孫叔叔大嗓門說著「沒收，沒收」，臉上卻是笑呵呵的。母親知道他在開著玩笑，是不會舉報也不會沒收的。母親對待他像對待久別的親人，讓他喝水，有時也留飯。他送來的那些信，是母親滿滿的盼望。讀信，讀牽掛思念。那些信母親要反覆地看上幾遍，然後珍藏。未來某一天，再拿出來看——荒寒的歲月，家書，無疑是人間最溫暖的牽絆。

我在辦公室望窗外，期盼那個郵差的心情，跟母親差不多。每看到他來了，我就飛奔出去，很長很遠的廠區，我一氣跑到大門口，不等他分發，就拿過來一封封自己親自檢看有沒有我的。

最盼望的當然是文學的回音。一頁薄薄的紙，有時是退稿信，有時是用稿通知，那麼簡單的內容，我能看上大半天。也有很厚的時候，那就不妙了，那一定是退稿。我就會失落地，失神向回走。

文學是這樣啟航。

二　羊在馬邦　依然是被踩踏

人，是不是由上帝所造，我不知道。活過的生命，走過的歲月，一頁一頁翻過去的昨天，就像一道道謎題，至今，都揭曉不出答案。

我的一生都快要過去了，可是並不知道愛情是什麼，良範的婚姻，也未得嘗。但是，我有一個女兒。母親的角色，也當得頗為慚愧。

在這裡說一說那段的生活吧。

職工大學畢業後，我回到了工廠的機關。不寫材料的日子，相對還是很輕閒的。坐在辦公室，可以看看書，可以織毛衣，也可以，嘮閒嗑兒。我們辦公室，那兩個當了母親的，她們手裡長年有毛活，織完一件織下一件，更多時候，還要早退，回家買菜做飯。

剩下我一人的時候，初中女同學郝青，她常來我辦公室。

一坐就是半天兒，那時人們的娛樂生活少，煩悶了，無聊了，排遣的方式基本就是找人，坐到對面，哪管什麼也不說，坐著，也是一種打發。

她當初也是接了她父親的班，在木材廠檢尺。那是一個輕閒的工作。她結婚生子，又離婚。頻繁地出現在我生活裡，正是她單身，無處可去的日子。孩子不在身邊，也沒有父母可贍養，一個人，檢完尺只須三兩小時，餘下的時間，實在是無事可做了。

她是一歲多，由母親過繼給大伯家，大伯沒孩子。大伯待她如己出，嬌生慣養長大。記得上初中時，她手不離零食，瓜籽殼一直在嘴和手之間翻飛。人長得很白，個子也高。只是那樣家境長大的孩子，有點狂野，為所欲為。有時她像男孩子一樣摔跤，大嗓門說話。我對她的印象並不好，一直躲著她，離她很遠。她還是初中掉隊到我們班的，男同學叫她掉級包子。可是她對我，似乎很友善。

一次，學校課外勞動，讓我們這些十來歲的孩子，跑到十幾里外，扛著鋤頭，去田野學習什麼鋤草間苗。記憶中，那是一段死亡之路，無論是去，還是回，快累吐了血。家境好的，有的哥哥騎著自行車，送妹妹。大部分，都是拖著長長的鋤柄，螞蟻一樣向北山進發。郝青有自行車，在路上，她自告奮勇地來到我面前，讓我上去，由她帶著我來到目的地。回時，也是她載著，還讓我去她們家吃了晚飯。這樣的情義，現在她坐在辦公室，消遣時光，我能不承接嗎？

茨威格說，生活中的每件禮物，都暗含著價格。回想這一生，郝青的禮物暗含價格極高，它幾乎像地獄機關那個可怕的活動踏板。

郝青眼睛高度近視，不戴眼鏡時，她看人，有時要走近前，趴到了對方的臉上一般。眼睛很大，因為高度近視，眼鏡度的（眼鏡把眼睛脹壞了），那雙眼睛更大得無神。有一次，我們兩個正坐著，進來一個人。這個人門都沒敲，就進來了。

小鎮，不敲門，推門就進，是習慣。去到誰的家門也是如此，那時沒有電話，到了誰家拉門便入。

進來的人穿著制服，像軍裝，又似警察。郝青這時走上兩步，趴到對方臉上，盯視，分辨，待看清來人是誰，她一杵對方的肩膀，說：「你他媽的來嘎哈呀？」

嘎哈就是幹啥，嘎啥是當地土語，也可能是滿族語言的音譯。她的丈夫，準確說是前夫，就這樣登場了。

她們已離婚，兒子養在奶奶家，是另一個縣城。結婚的這個丈夫跟她的親父母，是同城的。當初母親把她過繼，當她大了，回家探親，正值青春年華，貌美如花，父母給她介紹了這門親事。兩人結婚，她回到鐵驪上班，丈夫徐小明，也調到鐵驪工作。現在離婚了，丈夫住宿舍，有時也回她家，還有時，到單位晃蕩。那時沒有電話，一切事，都靠腿、嘴。丈夫找她的理由，一般是說孩子，他們的兒子，在奶奶家，有病了，發燒了，或想媽媽了。

此時，他能找到我的辦公室，看來，就像我熟悉了郝青嘴裡的他，他也一定了解了郝青嘴裡的我。他很自來熟兒，上來就叫我的名字，還大大方方地坐下了。

我驚奇，郝青的丈夫是這樣的。他一米八的身材，加之一身戎裝，精神得像那個電影明星。自然彎曲的頭髮，極挺的鼻樑，方方的嘴巴，一口整齊燦爛的白牙。每說一句話，都輕輕笑一下。如果他的眼睛再藍瓦瓦的，就是費翔的翻版。郝青問他嘎啥，說他「天天跟腚蟲一樣，到底來幹他媽的啥?!」

——郝青這樣罵著的時候，她也是笑著的，並不憤怒。前夫徐小明用手指著她，側臉向我，像是跟我告狀，說：「看，妳看到了吧，她就是這樣，天天破馬張飛的。還像個女人嗎?!」

「像不像女人我願意。也比爺們兒像娘們兒好。」

「她這個樣兒，還怪我跟她離婚。」她前夫說。

「你跟我離？是我不要你，踹的你好不好！」郝青說。

「砂鍋煮驢頭，肉爛嘴不爛。就是嘴硬，比鴨子的嘴都硬。」

郝青生氣了，她罵出了更難聽的，那罵法，農村裡兒女成群的潑婦，未必都能發明。她接著徐小明說的嘴硬，一下子引申到對方，男人的下三路。我都聽不下去了，心想僅僅因為妳初中畢業，沒有文化，就可以這樣嗎？

更早來我辦公室的時候，她曾跟我學，說剛離婚那會兒，很多男人欺負她，特別是有家有老婆的男人，挑逗，撩撥，撩不成還惱怒，反過來罵她，工作上找茬兒。她說他們罵什麼，她就回以什麼。有一次，那男人操爹、操媽、操奶奶、操祖宗的，逐級挨輩兒罵了個遍。當時有很多人的，大家以為她會哭，沒想到，她也逐輩兒，挨個兒，把那男人家裡男男女女、老老少少罵了個遍。那男人都聽愣了，待她停住，問：「妳是女的，妳憑什麼呢？」

她答曰：「拿大棒子！」

全場笑翻了。自此，一戰成名。她說她覺得罵，破口大罵，有時也比刀槍。後來，幾乎沒有再敢惹她的人。

撩撥，也是軟著來。硬欺負的，沒有了。

眼前，她的丈夫是溫和的，她是野蠻的。她丈夫說奶奶捎來話，孩子想她了，讓她這個週末請假回去一趟。郝青態度和緩，但依然是罵的，說扯犢子可有你了，像個多麼有人味兒的爹似的。當初要不是你畜牲，下崽子，孩子今天能遭缺爹少娘的罪?!

眼看著又要升級，她前夫站起來，欲往門外走，完成了使命似的。這時，門又開了，呼哧帶喘跑進來一個人，也著裝，跟徐小明是一樣的，人長得小一號，他說：「徐哥，隊長找你呢，讓你馬上回去。」

後來我才知道，他們算消防兵，跟公安警察一個系列，福利也差不多。只是警察較忙，權力更大些，只要願意尋事，罰款弄錢天天有得做。而他們呢，一年四季也沒什麼警情，蹲在車庫門前的廣場，閒嘮，曬太陽，要麼，四處遊蕩。

進來這個人，算徐小明的兵，不是真正意義的上下級，是平日徐東遊西蕩時，他跟班兒。自願的，像勤務兵一樣。

他們走了。

第二天，郝青跟我說：「昨天那個人，想跟妳搞對象。」

「他相中妳了。」

「別看他長得一般，家底兒可厚呢。他媽能幹，家裡又養奶牛又種地的，他是老兒子，以後，那些家底兒都是他的。」

「他說估計妳也看不上他，如果同意，以後他都聽妳的，掙錢也都交給妳。家裡的活兒，全包了。」

——這是又一道難題。

像懵懵懂懂入了小學，糊糊塗塗上了中學，工作也是馬馬虎虎開始，後又做夢般上了大學。再愣愣怔怔回到工廠。凡是現實披來的風雨，都是隨便淋，隨便颳，沒有選擇，不知躲閃，砸哪算哪兒。

我沒有回答行或不行，我也無力回答這個問題。那時母親和父親已隨哥哥到了中原生活。這麼大的事兒，我不知該怎樣說。心裡一片茫然，那時只有二十一歲。

郝青又說：「別看我家的那個畜牲，小D——」她叫著那個人的姓，說，「他的脾氣可好呢，嫁了這樣的男人，不吃虧。起碼，他能對孩子好，對女人，也不會動手動腳。」

我問她：「你家那個，看著脾氣也挺好啊，一說一笑的。」

郝青說：「屁，就是披著羊皮的狼。笑面虎！」

後來，他們又來過我辦公室，當然還是郝青先來，她丈夫找她，那個人又來找她的丈夫……。那時人們的精神實在是太貧乏了，沒事可做，唯一的娛樂，就是湊到人跟前去聊天了。枯燥日子的調劑。

有一天，我去車間取一份材料，回來，牆壁的櫃子裡多出一雙棉靴。那種鞋叫雪地靴，紅綢面，高腰幫，鞋底又厚又防滑。整個鞋子的夾層，是一種羊毛氈。它比皮靴更輕便，更好看，躺在那兒像一對紅燈籠。我知道這種鞋子的價格，它比我一個月的工資還高，我倒是可以買得起，但想了幾次，終是沒買。

同事告訴我說，小D剛撂下的。

這也應該超過了他一個月的工資。

這一天晚上下班時，天空飄著小雪，很細，冰霰一樣。我鎖上辦公室出來，看到車棚旁有一個人，他跨騎在自行車橫樑上，兩腳著地，說：「等妳呢。」

臉凍得通紅，帽子兩邊也掛了白霜，他沒有直接杵進門，而是像一個相處很久、很有禮貌的男朋友，在等待女朋友下班——那一刻，我就是出現了那樣的幻覺。我看著他，他說：「我估計妳快出來了，走吧，上我家，我媽和我姐都等著妳呢，飯都做好了。」

我肯定是呆愣的。

他說：「不用怕，也不是搞對象，吃個便飯，認認門。一般朋友也沒啥。」

我心想，一般朋友，我上人家吃的什麼飯呢？再說了，那雙鞋，還在那兒擱著，我沒有動，打算他再來時還給他。

我說：「你的鞋，還在櫃子裡。」

他的臉可能拉下來了，黑暗中，看不清楚，但能感覺到。他說：「不要是吧？好，沒事兒，不要我就拿走。但今天，妳得給我個面子，我媽、我姐她們都在家等著呢，我姐下午的班都沒上，妳不去，我沒法跟她們交代。坐我車，吃完就送妳回來。」

我像被人拍了，也像中了蠱了。真的坐到了他的自行車後座，不是太遠，很快就到了他家。

院子很大，果然有奶牛。院脖兒也很長，如果不是養奶牛，而是都蓋上房子，三進兩進的，真稱得上深宅大院。他走起路來哐哐的，沒有徐小明高壯，卻像是很有力氣。他說那些牛吃的草，都是他用休班的時間，一個人跑去山上割的。說著，他撂下自行車，三腳兩腳，把院子裡稍顯礙事的地方，用腳，就給踢得歸置妥當了。然後一拉我的胳膊，說：

「走，進屋。」

屋裡很暖，熱氣騰騰。東北的民居是滿族人的習慣，三大間，中間是廚房，兩邊分東西屋。一般的情況下，東屋住主人夫婦，西屋是孩子，抑或外人。每屋有南炕，曬著太陽。如果家裡人口多，也可能是南北兩鋪大炕。大火炕東西頂到牆，占據半間屋子。來客了，最好的待客之道，最高禮遇，就是推你，「上炕上炕。炕頭暖和。」

我從伊春回來，已經是我們小鎮上，穿得最時髦的姑娘了。比如冬天，我上身是白色短款仿裘皮大衣，腳下，是一雙高及膝蓋的皮靴。為了靴筒好穿棉褲，我薄棉褲外套的是黑色腳踩彈力褲，很堅實，伸進靴筒特別貼合。不像那些窩囊的大肥褲腿，會在靴口堵著一堆。我那套裝扮，剛上班時辦公室主任曾嚴肅提醒過我，說鶴立雞群，太扎眼了，應該隨點大流兒。

當時我沒有隨大流兒，很快，更多的姑娘，年輕女子，都隨上了我的小流兒。短款仿裘皮，高筒靴，剛剛改革開放，有老電影裡明星的氣質呢。誰肯隨又土又笨灰藍小方領的大流兒？

我的皮靴在雪地上踩出咔咔響，那種聲音有點讓人陶醉。我們進了門，騰騰的蒸氣中看不清人。應該是他的母親和姐姐，一人一邊拉住了我的胳膊，呵護公主一樣把我拉進屋。東屋裡，暖和而明亮，炕上已經擺好了炕桌，上面是滿滿一桌子的菜。

她母親彎下腰，說：「脫鞋脫鞋，上炕上炕，炕上熱乎。」

她竟然兩隻手，來幫我拔鞋。高靴子拉鍊在膝蓋處，她可能從不知道這種鞋的機關，兩隻手直往腳踝處摸。我一下子就有罪惡感、不安感，這是折煞——在我們家，家教是極嚴的，我母親幹活時，無論是哥哥、姐姐，沒有一個人，可以袖著手一旁看。母親不上桌，沒人敢動筷。孝悌長幼有序，絕不可忤逆長輩。只有晚輩幫長輩脫鞋，尊老，哪有母親彎腰受累之理？——我潰了。

情感和胸膛，像鞋上進屋後的雪一樣，都融化了。

我抓著那雙手，堅辭。同時，自己快速打開拉鍊，把靴子解開。終是躲不過那更快、更有力的手，一隻靴子拔下來了。那天晚上，坐到最暖和的炕頭，吃著碗裡不斷夾進的魚、菜，腦子木木的。後來都離開了，依然恍惚中。只記得，他的母親，非常疼愛我，疼得勤懇卑微，疼得不遺餘力。

如今，離開他的母親已有三十個年頭，先是帶著孩子離開，後來再未見面。到中原工作、生活，十年前，聽說她去世了。心裡哀哀。緣分雖短，但我的心裡，一生都管她叫媽媽。

媽媽，很對不起。

從那以後，他時常在我下班時，在門口等我，送我回家。然後有一天，他說：「跟我結婚吧，我們家房子都準備好了。大冬天的，老空著房子都撂壞了。得住人兒。成了家，老人就放心了。」

我竟然，不記得結婚的日期。訂婚，給一筆彩禮的日子，也沒有了印象。有一天，他讓我跟他去看一下空著的房子，說正在收拾，讓我看一看。然後，那個下午，他就像郝青的前夫，畜牲不如了。

一切都像在夢中。

結婚了，婚前他說他不抽煙，然而他兜裡有煙，在抽。他說他不賭，休息的日子麻將桌上有他。質問，他說他打得很小，塊八角錢，不算賭。結婚的當夜，他還告訴了我一件讓我極其痛苦的事，他說，他曾經跟一個女孩，在那女孩家長不同意的情況下，他們如何如何，偷偷摸摸。那女孩的父親有一點官職，嫌他家沒地位。他曾經給那個男人跪下過，求他。他都沒答應。後來，那女孩也聽他父親的，背叛了他。他說他很恨那個女孩，現在見了她，還騎著自行車一路跟隨，罵她「伐眼兒」——伐眼兒，就是被人在身體上鑽過的意思。

我聽得又氣又噁心，也鄙視他的為人，痛恨他們的豬狗。他說他們在河灘上、牛圈裡、山林子，到處都留下了鬼混的足跡。他報復了那個女孩，那個女孩是在報復她爹。

——我怎麼找了這麼個人啊！當天夜，我就想我要離婚。

可是，孩子來了。

每天上班，我要騎行一個上坡，冰天雪地，長長的大上坡像一面滑道，它並不平坦。路上有行人，有自行車，也有馬車、汽車，兩邊是人工挖出的溝渠。夏天時，裡面蓄雨排澇，冬季，它就是兩條凹坑。我下班時，騎著自行車常常像飛翔在冰道，路面硬得像石頭，輪胎也凍成了石條，硬碰硬，一切聽天由命——常常，摔進了深溝，可有雪墊底兒，人站起來，撲拸一下身上的雪，肚子裡的孩子，安然無恙。

既然摔不掉，就去醫院。

有一天，女友陪著我，一連去了三家醫院。第一家，人都躺到床上了，屋裡突然停電了。春天，很冷，屋裡也沒有暖氣，那醫生說：「這電一時半會兒來不了，妳先穿上吧。」

下來等了一會兒，又去第二家。

第二家的那個女大夫是我們廠長的老婆，人很漂亮。她說這樣的見多了，兩口子一賭氣，女人就跑來做流產。事後後悔。沒有男人陪著，她不給做，不做那個孽！

又去了第三家，那個醫生好像是說天兒不夠，天兒不夠就好像瓜不熟硬摘，有危險。

她讓我回家再等等，天兒夠了再來。

走在路上，我和女友說，這孩子命大，天意，還是留著她吧。等生完了再說。

他是個有罪之人，所有的家務活，我都不做。也不正眼看他。他不在乎，將功折罪一般，洗菜、切菜、炒菜、悶米飯、換煤氣罐，輕活、重活，都由他。就連刷碗、擦地，我也置之不理。有他在家的日子，我只負責給孩子吃奶，吃完了，孩子該睡覺時，有時不睡，哭鬧，他會把她放到自行車上，車前座，馱著跑一圈兒，回來，孩子已睏得睜不開眼睛。包好，放到炕上，孩子踏實地睡了。

離婚的念頭一直沒斷。

不知他怎麼有那麼旺盛的精力，白天那般勞累，夜晚，孩子睡著後，他的欲望，又來了。

還有一套理論，說沒離婚，就得盡女人的義務。這是應該的，沒什麼好客氣的。

我告訴他，我太睏了，真的，實在是睏極了。我說：「我先睡一覺，睡一覺醒了再說。」

他就耐心等。可是，左等一回，右等一回，我的睡一覺，有時就到了第二天的早晨。孩子醒了，我也醒了。

忙碌的一天，又開始。

我只覺得每一個夜晚，我都是那麼睏，那麼沒有精神。一米六五的個頭兒，我還不到一百斤。瘦得蒼白、無力。白天除了上班，我還看書，接孩子，沒有一絲女人的欲望。在他等了無數個「睡一覺」之後，終於破口大罵了，也終於，開始畜牲般，強行。

這日子沒法過了。

當我說出離婚，第二天要去辦手續時，他先是愣住，繼而大罵。他問普天之下，有沒有一家，女人可以像我這樣，什麼都不幹，飯來張口，衣來伸手，連孩子，也不用哄，只是給吃口奶。這樣的日子還不過，是不是燒的？

他還說，嫌他哪兒不行，他都可以改。

我說：「改也不行，閹了都不行。」

他看神經病一般看著我，臉上的表情，似笑似哭。他好像終於明白是為什麼了，他說：「哪個男人不是這樣兒?!我這是跟妳說了，如果我不說，伐一千個眼兒，妳知道？知道個屁！」

最後還說：「要不這麼的吧，妳也來一次，咱們扯平。」

婚是不好離的，三起三落。孩子太小。當我不提離時，他就牛馬一般任勞任怨。當我提，還得離，實在不願意跟他這種人在一個屋簷下。他就暴怒、發飆，說我是好日子燒的。最後那次，他說：「離也行，孩子歸妳，剩下啥都不能動。撫養費也沒有。是妳願意離的！」

我就按他的條件，和他辦了離婚。

離婚的判決書，是一張油墨列印的紙。當初的結婚證，我既未到現場，也沒有見過那個小紅證書。我們是否照過相，我都忘記了。聽郝青說過，她的結婚證兒也不是她到現場，徐小明有同學認識結婚登記處的，跟他們說一聲，人不用來，就辦了。我到底有沒有過那個小紅證書呢？至今都不清楚。這張模模糊糊的油墨打印紙，被我一撕兩半，再一撕，再一撕，垃圾一樣飛揚了。

後來有人問我：「妳沒有房子，也沒有存款，卻敢獨自養孩子，妳不害怕嗎？能把她養大嗎？」

就像之前什麼都沒想一樣，這些，我當時也沒想。想都沒想，就敢獨自帶著她，開始新生活。許多人覺得我傻，事後，我覺得這不是傻。是不世俗，不算計，是一種堅強、勇敢。

他有房子，我住宿舍。有時孩子也去她奶奶家。這時，他像在踏著那個女同學丈夫的足跡，重走他們的路。時常，我在辦公室上班，他就來了。有人在，他就提孩子的問題，孩子在奶奶家，怎樣怎樣。無人在，他直接跟我說，跟他回家，我們再談談。

沒什麼好談的，也談不出什麼來。我像個木頭人。有一次，我騎著自行車剛走出廠不遠，他從後面騎車子追上來。還是那些話，跟他回家，再談談。路邊就是小鐵軌，那是森林小火車行駛的軌道。他用自行車橫在我面前，我的自行車，一隻把握在他的手裡，像抓著我的一隻胳膊。他說都懇求這麼多次了，我咋還不開面兒呢，咋這麼不知好歹，畾臉呢。一個人拖個孩子，好過呀。如果好過，把孩子送她奶奶家幹啥呢。

我說：「也可以不送，自己帶。」

他說：「妳連個狗窩兒都沒有，讓孩子跟妳遭罪呀！」

也是，宿舍太小了。

我們就站在那兒，我硬走，走不脫，車把在他手裡攥著。他說只要回去過，什麼條件他都答應。其實，我哪有條件呢，我只是嫌他髒，嫌他無恥，嫌他幹過的事。在我擰著不動時，他突然一腳踹倒自行車，不解恨，又上去二腳三腳，狠狠地踩。車圈下墊的是鐵軌，輻條一根根都折了，連那個圓圓的圈，月光下泛著冷光，都被他連踩帶踹，踩踏瓢了。

這車是不能騎了。它可是我唯一的財產。蹲下來，我哭了。

看我哭，他更怒，兩手一使勁，把車子抓起來，舉重一樣舉過頭頂，狠狠地，摔了出去——嘩呤呤呤，在堅硬如石的地面上，車鈴、輻條等白色小零件，銀器一樣在冰地上滾落。

還有一次，那已是第二年的春天了。沒有自行車的我，走著回家。快到地方時，覺得後面蛇一樣潛上來一條影兒。是他。他在慢慢地騎自行車，騎著的自行車能比走還慢，這是一項技術，高難度的技術。後來我知道，這樣的騎法，國際上是有比賽的。可惜，小城的他們，不知道。單單把這項技術，用來追女人，嚇唬女人。

我回頭看是他，像沒看見一樣，轉回了頭，繼續走。

他的表情，已經完全像換一個人。從前，他是緊張的、卑微的，甚至是討好。現在，他的整張臉，都是猙獰、凌厲之氣，整個眉目都變了。我熟悉過的，那個曾是親人的男人，不見了，眼下，是一個破罐破摔，一臉不在乎，又一臉跟你死磕到底的表情。果然，他一開口，就讓我驚呆了。他直接罵出的，是那些妓院老鴇，罵妓女們才會使用的詞，他說：「我知道妳是不能跟我過了，我原來答應離婚，跟妳離，是想考驗考驗妳。妳肩不能擔，手不能挑，還領個孩子，沒房沒地，我心思妳過一陣兒，遭點罪，就能回頭，老老實實跟我過日子。沒想到，妳一直不回頭。現在我明白了，自由，一個人兒，多好啊。又是女的，想搞破鞋就搞破鞋，想賣X還能掙錢，妳們當女的的可真是太便宜了，婊子好過，誰還願意跟老爺們兒過日子啊！好事兒都成妳們的了。告訴妳，別想得美，從今往後，我天天來找妳，想消停？沒那麼便宜。我就不信，我還咕嚕不過妳個臭婊子！」
那樣的話太扎心了。我當時蹲到了地上。如果我手裡有刀、有槍，我一定會跟他拚命。
跟在那個女孩後面，罵她伐眼兒，也是這番情形？

在這裡，我還要追溯一段女同學郝青，她與我的交集。這個把我帶到地獄門口那塊踏板機關的人。

那年冬天，她那無所事事的前夫，忽然想搞錢。在我們那兒，一切財的來源，都是木頭，原始森林。莽莽的原始森林，是綠的血，綠色黃金。它像一片海，取之不盡，用之不竭。每天，每時，每刻，一列列隆隆的列車，載著一節節車箱的木材，從東北，拉向全國各地。廠長有權批木頭，鐵路運務主任有權批車皮。能搞到這兩樣，就等於搞到了成車皮的金條。

總之，那時的人都紅了眼。有權的，明目張膽弄。無權的，小偷小摸來。全國都在大幹快上，蓋房子，賣地皮，倒木材。

徐小明看著每天滾滾向前、奔騰不息的列車，知道那綠黃金，都流進了南方老客腰包。這些人長年住旅店，給服務員施以南方土特產，小惠，服務員既給他服最好的務，又解決他單身男人夜晚危機。給掌權的，送玉，送錢，送值錢的東西，掌權的就給他大開方便，他調的車皮裡裝有百年紅松。有的木頭，幾人合抱都圍不過來，那樣一塊獨板，價值連城。南方老客最拿手的，是兜裡揣著百元票子，新鈔，成沓，他的手指像有眼睛，不看，只憑著手在裡面摸，就能準確地抽出想要的張數。

每當列車停在那兒，工人裝車，車旁站的是檢尺員。檢尺員可以實事求是地檢，也可以睜一隻眼閉一隻眼。本身是幾人合圍都抱不過來的木頭直徑，他可以寫成十公分。就看老客塞他兜裡的賄賂是什麼分量。

奔跑的車皮像蛟龍，湧動的木材如黃金。徐小明跟這些木材一點關係都沒有，他決定偷。山上那木頭是沒有數兒的，伐倒十棵八棵、百棵千棵，沒有人能發現。只要能運下來，運到山下，就成功。

最難的是過兩道關。他和幾個小混混，把兩道關都打通了。這天晚上，趁著月黑風高，弄了一車木材就往說好的地方拉。第一道關順利。第二關時，不巧，提前布好的人，一個家裡有事，掉鏈子了。新手，抓這種盜罰木材的，一逮一個準兒。那時正在開展打擊盜罰行動，嚴打。徐小明藉這個政策的光兒，被嚴辦了。

別管是一汽車，還是兩汽車、三汽車，一經抓到，判刑，蹲大牢。

郝青來找我時，臉上的著急那分明就是她丈夫，不是前夫。是孩子爸，是她的親人。她說鐵驪這小地方，太黑。得找人，找上邊的人。她說：「妳不是在伊春上過學嗎，妳有那麼多同學都在各個部門，幫我聯繫聯繫，我們認花錢，走關係。給他爸整個判二緩三，就能不去蹲。不蹲那個大牢。人一蹲那兒，就完了。」

「判二緩三」——我還是第一次聽說。經她解釋，才明白，就是你的罪，往輕了整，判你兩年，緩期到第三年執行。如果頭兩年，你不再犯罪，第三年，也就不抓你進去了。你就沒遭大牢的罪。這就叫判二緩三。她說這是最高目標，也是最切實的辦法。至於說只偷了一車木頭就判這麼重，冤不冤，那些都別說了。郝青沒上到高中，可是此時，她竟然冒出：「竊國者君，竊木頭是賊。」

我還真幫她寫了一封信，讓她去找那個同學。那男同學曾是校學生會的，人長得高大，愛文學，畢業留在了財政口，聽說很有權。我說：「妳只能自己去試試。」

那時，連電話都沒有。

火車，也是那種很慢、綠皮的破舊火車。

人在上面坐一宿，有如逃難。多好的衣服，也滾成抹布一樣。

這天，郝青準備好了，要走時，她來到我家。說借我的大衣穿一穿。

我當時有一件剛結婚的大衣，在省會買的，款式很好看。羊毛的。自己還沒捨得穿幾次。

她說借，我心裡不願意，嘴上卻說不出。那件大衣正在牆上好好地供著，她順手摘下來，說：「這幾天，妳穿我的。我這個穿到伊春，讓人笑話。」

她就穿走了我的大衣。很新很貴的大衣。

待她回來，沒有馬上找我。又過了些時日，她才來。大衣果然滾得抹布一樣，很髒舊。我當時真的很心疼，心裡也非常膩味，怎麼可以這樣呢？可是，就這樣了。

她好像連個抱歉都沒說，換走她的，說「事兒不好辦」，就走了。

又過了許久，應該是半年以後了吧，她才說，那個男同學，很不地道，又收禮，又要人。還不辦事兒。

她說他根本就不是個男人。

老舊綠皮火車，髒如豬欄。那件自己都沒捨得穿的大衣，被她借走，戰袍一樣滾髒了這麼久，又還回來。這件事我至今想起來，都難受，都心疼。心疼自己。

這就是過早地被春行冬令，抛入生活，面對所有問題，都是束手就擒。

另一件，是夏天。那時又有一項政策出臺了，鼓勵企事業單位幹部職工下海。所謂下海，即是經商。掙了錢，彌補龐大辦公經費的不足。

這個好幹。那些企事業單位的人員，下了海都如魚得水。有一部分工資保障，還有下海後的外快。機關的領導幹部呢，那更是如虎添翼了，樓下的房子是他們的，地段最好，還沒有租金。更重要的，是他們拿著公家的錢，投資。掙賠個人都沒有風險。後來沒幾年這項政策又叫停了，還清理整頓，不允許領導幹部額外掙錢，掙錢是違規，要處罰。此一時彼一時。

只說允許時，家裡有個親戚在團委，當幹事。他人很機靈，會說話，會辦事，深得團委書記的歡心。那書記點名，讓他來挑頭兒，說掙了錢，給兄弟們發獎金。也能盤活開展青少年運動的項目費用。

地盤就在他們樓下，最黃金的位置。沒有租金，雇了十幾個女青年，「青年飯店」就開張了。既解決了青年就業，有功，還掙了錢，這些，當時還被當地報紙表揚。

領導吃飯也方便了，生意馬上紅火得不得了。不到百平米的房子，隔開一些小間，上半部用的是布簾，這在當時，已算雅間。如果找人，撩開布簾，伸頭往裡一看，想找誰都看得一清二楚。

介紹這麼多，不是要提及親戚借了政策的光、文件的福，過一陣商官兼具的好日子。我在這裡是想說，那個倒楣蛋，她一直伴著而來的霉運。

因為飯店紅火，親戚忙，有時，他也讓我來飯店幫忙。在我上班不忙時，下午，也會像別的女人那樣，早走，然後幫他忙一陣飯點兒。忙完吃點飯，就回家。

郝青就由辦公室的陣地，轉移到飯店了。她如果在辦公室找不見我，也會來到這裡，在這兒跟我消磨時間，包括端盤子，幹活。

這天，她又來飯店，我沒在。是個正上飯客的時間，一雅間一雅間都坐滿了人。食客大致分兩類：一類是領導幹部，有錢的，他們在互請。另一類，是本地無業潑皮青年，他們沒錢，他們也要喝、吃，在酒精中尋找快樂。他們桌上的菜基本都是土豆絲、豆腐皮、涼菜拌，肉少，酒多。坐下來三兩杯，個個眼睛都是紅的。眼睛高度近視的郝青，她一個布簾一個布簾地掀，那雙幾乎要趴到人臉上看的眼睛，伸長了脖子盯視，辨認。當她又掀開一個布簾時，裡面的人怒了，直接罵：「瞅你媽逼！」

郝青以她「拿大棒子」的飆勇剽悍，當然要回罵了，一個字兒都沒改，回去的是同樣。

後來，「瞅你媽逼」成東北青皮的標配，並由此引發血案無數起。無論是酒桌、街上，還是某個狹窄的空間，只要一方心情不好，對方又直眉瞪眼地看他，他必飆出：「瞅你媽逼。」對方若慫了奪路便逃，一場血腥息鼓；若對方不懼，也回以同樣，那麼一場惡戰便開火了。

此時，那個罵郝青的人，他沒想到這個女人，「女傻逼」、「傻逼娘們兒」——這是那個男人接下來一連串對郝青的定義。他抄起酒瓶子就要砸，郝青縮回了頭，另一屋的男人出來打抱不平了，他覺得一個男人，怎麼能如此罵女人呢。跟女人鬥，算什麼。

兩桌本不相識，無怨無仇的人，開打了。

親戚出來拉架，腦袋被開瓢打得滿臉花。

所有的盤子、碟子、碗、筷子、酒瓶，成了武器。

那只有半截布簾兒的雅間，摧枯拉朽，地震一樣嘩啦啦，被憤怒的腳，腿，混戰中的後背，撞得塌為瓦礫……

這麼大的損失，團委書記不高興了，如果值得為個什麼也行呀。當他知道只是因為一個女人的眼睛高度近視，還嘴欠，跟男人對罵，導致的，他搖著頭，非常無奈，叫著親戚的名字，說：「你那妹妹真行啊！咋有這麼個朋友呢，簡直是喪門星！」

後來我知道，被開了瓢的親戚捂著流血的腦袋，跑去後廚抄菜刀，還有一柄長長的殺豬刀。那個東西捅到人身上，一捅一個透籠過。菜刀砍人可能還一會半會砍不死，而持了那個，長彎的殺豬刀，捅誰誰完。如果真捅了人，親戚的命，也就不保了。

郝青啊，說妳喪門星，真是霉得不輕。

青皮混混逃之夭夭，後來是官方出面，才平息此事。但是從此，我害怕瘟疫一樣，真是害怕郝青了。並意識到，對她，要遠離。

那個夏天，我和一個親戚姐妹，相伴，擠到了小站的老綠皮火車跟前。這種長途車，在小站只停留三分鐘。人們逃難一樣擠成了一團，三分鐘的時間，如果排好隊，一個一個上，這些人是不是都能上得去呢？好像不能。這個問題讓我感到了危險。

孩子暫時放到了她奶奶家，我要離開這裡了。他，竟然來送我。我們像親戚、熟人、朋友，並不高大的他，非常有力氣。他抓著我的肩，想把我擁上去。可是我身體太輕了，重量不夠，幾次近車門，又被人浪衝了下來。

眼看就要上不去了，另一個親戚的姐姐，她已登車。她從裡面的窗口，向我伸手，說：「遞我包，遞我包。」

乘務員和鐵路民警樂呵呵地看著大家，他們既不吆喝排隊，也不維持秩序，一任大家擠。有人從人流的腦袋上爬，下面的人罵、打，車門口蜂作一團。親戚的姐姐伸著手，說：「把包從這塞，塞進來，妳從這上。」這時候，他雙膀一較力，把我橫著，舉到窗口前。那個火車窗口，只有半尺高，因為鏽蝕，玻璃已經卡死，只能推那麼高。我都奇怪，再瘦也有一百來斤的我，是會縮骨術嗎，怎麼他把我一遞到窗口，我竟然，樹葉一樣就飄進窗裡了。

剛一站穩，車就開了。

總算上來了。

過道都是人，地上也坐著人。人們的腿，就是在人的身體間穿插。親戚的姐姐坐在茶桌上，我呢，按票號，找到了自己的位置。剛坐下，一個一臉肥油的警察，就是剛才在下面樂呵呵看著那個，他走過來，一指我，說：「妳，過來，跟我走。」

我嚇得臉都白了。周圍的人也都一下噤了聲。他們嘀咕，說：「肯定是罰款，嫌妳剛才從窗戶進的。」

我又中蠱一般，戰戰兢兢，起來，跟他走。走到了他所謂的值班室。

他說：「妳跳窗了，罰款，二十塊。」

心都要碎了。一張車票二百元，罰款二十塊。如果不讓從窗口進，那麼他剛才咋不說呢？還有，窗戶進不來，車門也上不去，趕不上這趟車，他負責嗎？

這些話，不敢說，只是呆呆地看著他。

他又嘻皮笑臉，說：「交吧，不交錢，妳想交啥？」

那是第一次出遠門，傷痛的記憶，清晰至今。

後來我聽說，車上的這些男乘警，包括列車員，他們長年滾車皮，都是十足的流氓了。如果那天我不拿錢，就要交出身體。他們長年在火車上劫掠婦女，包括年輕女孩。逃票的、賣東西背大包的，沒票的自不必說，罰款，罰人。而那些辛苦的、背大包倒賣服裝的婦女，她們長年奔走在火車上，從遼寧，上貨，倒到黑龍江。有時為了貨賣個好價錢，她們不惜千里、萬里，奔往廣州，那麼遠的旅途，要被幾段的流氓打劫。他們說妳的包超重了，想罰多少就罰多少。為了省些錢，這些女人說就當跟狗了。據說那些已婚的，覺得反正這樣了，髒一次和髒更多次又有啥區別？比起那難掙的錢，身體糟一糟，不是更划算嗎？那些倒貨的婦女，在長途車上連麵包都捨不得買一個，哪捨得給一包貨物，破費那麼多錢呢？出賣已經無視的身體，眼一閉，當他們都是狗、畜牲，心裡也就不難受了。

我聽一個女同學說，有一個姑娘，愛美，坐火車穿的是背帶褲，胸前一個小兜，裡面裝著唯一的一張錢。她去廁所時，一低頭，廁下漏口的風力，一吸，把她小兜的錢，一下吸掉下去了。張皇的她，還沒有打票，這時候，手裡錢也沒有了。男禽乘務，把她叫到封閉的值班室，一站一站地糟蹋，直到下了車，還不饒，還把她領到火車站附近的職工休息房，對她再進行了寬敞的姦汙。這種事，已是公開的祕密。乘務如此，警察如此。然後，那值班室，實在淫窟得不成樣了，不知哪個命令，把沒有窗的木門上，開了一個窗，外面的人能看到裡面。惡行，後來應該是漸漸減少了。

坐在「哐噹哐噹」的火車上，一閃而過的原野、大地，我的心像一片薄棉絮，沒有重量。天地遼闊，人間骯髒。我嚮往文明的世界，害怕半禽半獸的人……，我要去詩意的遠方。

三　不合時宜　像雨天穿著棉衣

就像蘋果裡混進了一粒土豆，黃瓜中放進了一條茄子，馬群裡，跟著一隻羊，小雞走在鵝群——回望走過的路，幾乎每一步，都是那麼趔趄，那麼踉蹌，那麼跟不上趟兒。從心眼兒，到智力，到情商，如果不是上帝一次次出手，相救，在那麼多危險時刻，黑地窖那塊兒活動的踏板，就要被踩翻了。

一身身的冷汗。

和孩子來到中原。這裡有哥哥、姐姐。母親早逝，父親回到老家，再娶了一個後母。我到了一家文化單位上班。

那是一段溫暖的記憶，一段生命中不多的明媚時光。

也似乎是整個生命裡，僅有的一段。

九十年代，有一點開放思想的墊底兒，那時的人，剛現出人的樣子。文化單位，還讓懂文化、有文化的人來執掌，管理。我相遇了兩個人，一個是老主編，一個是老所長，他們都比我年長，因為文化、文學，我們成了忘年，知己。

老所長，他是天津音樂學院畢業的，讀過很多書。年紀一把的他，經常像個文藝青年。有時，他前一晚看了某本書，第二天早上，還在走廊裡，遇到我，或我們老主編，他就像個神采飛揚的少年，站在那兒，眉飛色舞，講那本書。

他是我們的所長，最高領導，最大的官兒，但是，他從不擺架子。有了工作，也不揪大夥兒開會，而是自己去到某一屋，告訴某人，你，你，還有誰，去幹什麼什麼。工作的事兒，就分配了。

無論是人格還是業務水準，都讓人發自內心地欽佩。

即使開會，他也不打官腔，職務所需，他要唸某些文件。唸到荒唐處，他會停下來，不言語，笑望大家。什麼都不說，大家也什麼都明白。也許正因為這樣，他才終生是個處級。處吏。

他還不坐公車。上下班自己騎自行車。別的單位副處都要坐公車的。他不，他說這樣省心。省得司機利用領導的名頭，報銷很多不應該報銷的。老所長說這樣都乾淨。

不搞事兒，不浮誇，所有的業務部門，都處在安靜、埋頭業務中。每天，該幹什麼幹什麼。當時的那些老師都是行業翹楚，所裡唯一的利益，是每個人的職稱評定，這個也是按時間先後順序來。老所長不抓任何權力，不舞動權力當皮鞭。更不搞抽瘋式的運動，上什麼項目。因為自然，所有人都不用趨奉。那時大家活得稍微有個人的樣子。

他對上級不諂不媚，對下屬不整不治。對同僚亦無興趣鬥爭。日常管理我們，不凶不詐、不勒不索……。當後來的一任任，腹內空空卻手段極致的官僚，他們在整治人上花樣翻新層出不窮，下作得讓人瞠目。才意識到，老所長曾是一個多麼大寫（偉大）的人。

老所長時代，人人都有一身硬功夫。那時我也陸續發表了一些小說，如果被他在報刊上看見了，第二天，走廊上正打水時，遇見，他必興高采烈地說：「昨天我讀妳的小說了，哪處哪處，寫得好。嗯，不錯。」同時，他還認真地指出問題，說什麼地方，應該這樣那樣。然後，再介紹他最近讀的書，說有時間可以借閱給我看。

這樣的領導僅此一任，後繼無人。

還有我們的老主編，一個年近五十，卻聲音非常好聽，一口京腔燕語鶯聲的老太太。她是北京人，援過疆，丈夫是拉小提琴的。她們夫婦響應號召，援疆時把一兒一女一個擱在了北方姥姥家，一個是南方的爺爺家。致使兩個長大了的孩子，對他們都不大親，稱呼他們為某老師，而不是爸爸媽媽。主編跟我說，那時就是太聽黨的話了，愚蠢地丟失了很多東西。

當他們按政策援了疆，又按文件應該返城時，回北京難於上青天。最後只有退而求其次，停在了中原，離北京近些的城市。

老主編是戲校畢業的，特別懂地方戲。若干年，她主持操持著這本戲曲刊物。她也愛讀書，愛文學，也是一輩子的文藝女青年。她性格溫和，待人好，沒有不喜歡她的。我們編輯部全體，多是女性，她把我們當成了姐妹、孩子、學生。她的家就在辦公樓後院兒，近得她從家到辦公室，只須五分鐘。她時常給我拿來一些好吃的——一瓶洗好拌了砂糖且冰鎮過的草莓、一罐新疆抓飯，還有飄著香味的燉肉……，在我過生日時，收到過一盒好吃的蛋糕外加一束漂亮的玫瑰——那是我第一次收到的鮮花。這份雅致的禮物，讓我終生難忘。

我們的工作經常和北京藝術圈發生聯繫，都是她帶領的。她小學、中學那些女同學、男同學，多是藝術界響噹噹的人物。我們去北京看戲，也到省廳廣電系統的小放映廳看片子。定期觀摩，藝術素養突飛猛進。那些好日子，隨著老主編的被離職、被早退，就永遠地結束了。

還有一個插曲。老主編不但給我送吃的，她還積極幫助我尋找愛情。有一天，她對我說：「妳還這麼年輕，獨自帶孩子太難，要找個人成家，有個幫手。」

然後，她託朋友，介紹了這樣一個信息：省直工作，清華大學畢業，人很瀟灑，還有文化。短婚史沒有孩子，年齡也相當。老主編說：「這個條件不錯，適合。」

我也覺得不錯，光聽那學歷，就讓我崇拜萬分。清華啊，太了不起了。可是左等右等，再無消息，沒了下文。有好幾次，我都能看出老主編欲言又止。她一定是有難言之隱了。

然後有一天，她終於沉痛地對我說：「妳可別多想啊，不是妳的錯，不是咱不行，是那男人，他太自私。別看他清華生，一個男人，沒有一點愛心，那麼會算計，他找咱，咱還不找他呢！」——鋪墊了這麼多，老主編才道出人家嫌我有孩子，是負擔。

如夢方醒呵，這下也才知道了自己幾斤幾兩。既是這樣，就勇敢地、有志氣地，扛起所有吧。不要對別人抱幻想，好好養孩子，好好地把她培養大。背起妳的十字架，一個人走！

自此，好像世間再無男性。心思，也沒再在別的男人身上停留過。

命運這條巨流河，或清或濁，我們只是裹攜其中。好日子，說結束就結束了。

然後，就像下雪前會有一陣短時的暖，颳風天要有一段出奇的靜，進入兩千年，時局變。急著上位的後勁，像追尾的汽車，安安穩穩地騎上來，老所長被「追尾」下課。

上來的這個新所長，是十幾歲舞臺上翻跟頭的龍套，現在，轉行成功，走上了仕途。一路副科、正科，到我們這兒當頭兒，已是正處。

現在回想他的危害還不算大，除了喜歡開會，喜歡講話，喜歡炫耀他的學問。他還開啟了兩樣風氣，一是攢堆兒，開會，打破了之前的鬆散。第二，提拔弄人，搭花架子。原來的各業務部門有的都沒有官兒，攏共三五個人，有事兒說一聲就行了。現在，他主任、副主任的，弄得隆重，開始出現浮華和虛浪。

但很快，他這一套，就被另一個，當過兵的，來當書記的人，給以全面碾壓。

那一個比這一個，整起這些更是小菜一碟。官兒多坑兒少，每個單位需要消化的官兒太多，都配了書記。來的這個書記，轉業後是機關幹過人事的，整人，鬥爭，那是家常便飯。非常拿手。原來的老所長騎自行車上下班，現在，他們一到，公車開啟了。標配的桑塔娜，為這一輛車，上班時間誰先坐、誰後坐、誰多坐、誰少用，真是費盡了心機。那個書記，當然是勝利！他多次把所長撂在了馬路上。

鬥爭中，秀才終不是武夫的對手，日現癟三相。

鬥權鬥計，鬥法鬥力，他們兩人間的主要工作是鬥爭。

那一時期的政策，是所長負責制，一切由所長說了算。因此所長就打腰，腰桿比較硬，開會由他先講話。

後來，風又颳到書記當家，一切書記說了算。書記開始遮天。凡是有事兒，大事小事兒，全聽書記的。開會書記坐主席臺，正中間。

所長負責制的時代，書記是擺設。天天來了坐在那兒賦閒。可是權力上，有交叉的矛盾。因為書記有管人事、工資的權力。所長如果說某人的業務好，可以晉升職稱，書記就說這個人作風不行，態度不端正；這樣，那個人也沒法動。

新所長當初能提拔，他是跟上級誇下過海口的，要扛文化大旗，要把文化工作怎麼怎麼整、怎麼怎麼抓，讓這個省的文藝出高峰。可具體實施起來，處處受掣肘，舞弄不開；一方提倡的，另一方就堅決反對。槍來劍往，煙霧騰騰。下面的小年輕們，也都學會了見風使舵，看眼色行事，早早練成了人精。

公允地說，這個書記實在有點潑皮下三爛了。他什麼手段都使，什麼謊都撒；說過的話就跟放屁一樣，轉臉就不算數；大會上說過的話，都一抹臉就不認帳。工作上，沒有一點心思，所有的縫隙，都用來操弄權力、利益。許諾給誰誰誰，今年可以評職稱；但是，如果孝敬不到、沒有孝敬好，那一大堆的準備，就全都作廢了。

單位裡管人事的、報材料的那關，也是閻王手下的小鬼兒，他們也是厲害角色。應該一次備齊的材料，他會分十次告訴你，甚至二十次。遛你腿兒不說，關鍵是常常，最後，當你準備齊了，你已錯過了截止時間。

事關個人，不扒你幾層皮，你是過不了的。不翻你幾個個兒，你就不知道人家那些馬王爺，都長著三隻眼。

有長達十年的時間，我是不許評職稱的。當面的理由是你文學算足球隊，我們這裡是籃球，足球成績在這兒不算數兒。後來我才明白了真實的原因，是我說過癟三兒下三爛，這樣的話傳到過他們的耳朵。在這一問題上，兩人空前一致。

一年三百六十五天，如果不開會，我基本都是在自己的辦公室。走廊遇見，這兩個所謂的領導，別人要巴著他們進步，我則像避瘟疫一樣，轉身躲開。

這是一種不合時宜。

還有業務研討，七十年未變。地方戲既無人看也無人聽，存活的劇團像那些倒閉的國企一樣，半死不活。它違背了藝術創作規律，當然也違背市場規律。財政的撥款，只夠大家發工資，如果想排戲，得團長去要錢，從上面要。三百萬、四百萬，團長憑著個人情面、關係，她跑來錢。然後她領銜，她主演，一切都由她說了算。排個《華山聖母》或《繡紅旗》什麼的，沒有觀眾，也沒有市場，但能晉京，能拿獎。獎是這個省的成績，也是領導們的政績。

最頭痛的是開研討會，純屬浪費時間。一些不讀書、沒文化的，指導寫劇本的。他表面裝作聽大家的，心裡在罵娘。我會直陳劇本的空、臺詞的假、劇情的不可信。一般的時候我說完意見，會場像墓地一般地靜。

這樣也是不合時宜。

我們的辦公場所是個二層小樓，人不過百，一塊瘦骨頭。貪心的書記每天嗡嗡嗡，在尋找哪裡下嘴。那時所長已經被他鬥爭走了，敗走，單位由他一個人說了算。他先是，頻繁地從走廊頂燈換起，隔三差五，換頂燈。然後過不了多久，那頂燈鬼火一樣閃爍，劣質替掉好的，當然是換了再換。

可走廊這點小工程，實在不夠吸血鬼塞牙縫。第二項，他開始刷門、刷牆。走廊的門，原是雅致的灰，經他一年一刷，現在是棺材紅。牆皮呢，也找不出原來的色兒了。這點工程，還是太小，與胃口相比，那就是一口大缸裡掉進一粒棗。接下來，他就以為大家服務的名義，開始打開門，給大夥兒換屋裡的頂棚，換燈，換窗。

幾年間，辦公場所如同工地，永遠的塵土飛揚，永遠的噪音不斷。

整到後來，越來越大手筆，他不知從財政怎麼要來一大筆錢，把庫房，改造成一個會議室。長年開窗通風，那裡的甲醛味依然嗆人，只要一進屋，瞬間眼淚嘩嘩，鼻子也是酸的。一幫女人坐下來開會，揪鼻涕，抹眼淚，像一群辦喪事的婦人。

沒有人反抗，當然也沒有人反對，所裡成他一個人的天下。最後，他實在沒什麼可改造的了，又從暖氣上下手，說屋裡暖氣不熱，為職工謀福利，給大家夥兒換暖氣。

原來的水暖，溫度宜人。他扒掉後，每個屋的房頂，掏開一個窟窿，塞進去一個劣質的電暖風。這個東西同樣嗆人，只要開一會兒，人就頭暈腦脹。一女子已經得病去世。我們嫌嗆、怕嗆的，大冬天，就穿大棉襖、大棉褲，胳膊腿都回不過彎兒的那種，硬挺，禦寒。

他的國，他的家，好不逍遙的日子。他的好日子，終止於另一個強梁，更強的強梁降臨。

第三代小閻王，出世了。

四　我有一支筆　略可慰紅塵

這個一點業務都不懂的書記，他竟然自兼起了主編。他發現一本薄薄的刊物，能來錢。是一本音樂小冊子，當時很賣錢。他想了一個理由，就把那個主編給提前退休，自己兼起了老大。

當了幾年，小閻王來後，正趕上上級的另一項規定，叫清理國有資產流失，帳外資金。尤其是缺乏監管的資金。

這下，他吃不了要兜著了。

開始時，他也沒把他放在眼裡，小閻王比他小十多歲，毛頭小子，能翻起什麼大浪？我行我素，他該幹什麼還幹什麼。

但是，很快，小閻王就把他掀了個人仰馬翻！

國有資產流失，帳目不清，按新文件這都是大罪。尤其黨政幹部，拿著書記的工資，還拿著老闆的錢，自己下場當運動員，還給自己當裁判。清理十項規定，這就是清理內容之一！

小閻王人長得墩實，不到一米七的個兒，橫著寬、肥，小坦克一樣。殺伐的手段可以用鷹睡虎病來形容。話少，動作慢，但招招見血。躍起來奔的就是人的喉管——三招兩式，那書記就蔫了。因為上級天天要他寫檢查，去聽裡匯報。審計也過不了，他再不趕快抽身，弄不好，是要蹲進去的。

最後，他選擇抱病回家。

算提前退休了。

天下，又成小閻王的了。

一戰成名，小閻王頭三腳踢得好。接下來，他都不用怎麼舞動權力，只在那兒懸著，就像一柄利劍，誰都怕。

與上一個相比，那個是吃相難看，這一個要的是優雅。上一個只要護住食槽，別上來搶，別打擾，由著他一個人吃，他基本，也不再去整治別人。而小閻王，讓人見識了厲害。他吃時，溜邊兒的、躲著的、不喝彩的，都是罪，都犯有漠視罪。原來的時候，副職到老大辦公室說事兒，老大都會坐下來，來到下面的沙發上，與副職對著坐，平等說事兒。現在，不同了，小閻王老爺一樣在那兒仰著，抬著下巴，鼻孔朝天，看著眼前的副手，不論老少。

有一個副職，女性，名牌大學畢業，也有水準。她進他屋，他連座位都不讓，就讓她像賣菜的婦女一樣在他面前杵著。小閻王業務嘛嘛不懂，是她鞍前馬後地支撐，可他竟然如此對待她。可見，小閻王是從沒拿別人當人的。他肯定覺得，這些人全是他的奴才。因為在上一級面前，他也是奴才。

小閻王整治人的辦法，一是職稱，二是獎金，三是所有的好事，都沒有你。他經常制定規章、改變政策，在他的權力範圍內，他把從前的規則，都推倒重來。說這是為大家夥兒服務，為大局著想。他的那些政策、規定，讓很多人惴惴不安、惶恐不定，全都亂套了，因為天變了。

每天面對醜惡，胸中像塞滿了垃圾。權術、狡詐、三十六計……，這還是人間嗎，還是人活的日子嗎？這樣的工作，飯碗，吃起來像口口都是沙子。難活的日子，當然又是文學，文學拯救，泅渡著不甘的靈魂。

記得離開故鄉時，是那麼欣喜，憧憬——離開了愚昧，擺脫了野蠻。那時我嫌工廠的領導們粗俗，他們當眾吐痰挖鼻孔，頭髮和指甲也不乾淨。周圍的同事，沒文化，扯閒話，織毛衣，混日子。而到了城市，這些披著文明外衣，衣冠楚楚的文閥、文痞、文棍，他們手握生殺大權，與那些人相比，如果說那些人算禽獸，他們就是魔了，十足的魔鬼。年紀輕輕，心腸已不是心腸，硬得像石頭……

真是悵然迷惘啊。

文學像一葉方舟，渡我漂流。

記得在寫第一部長篇時，女兒還上小學。那時年輕，一把好力氣。待拉好題綱後，給自己定下每天兩千字的量。但是時間，時間，一切都要靠擠時間。

跟一個姐姐說了自己的難，她說：「妳可以花錢，把她暫時託付給一個郭奶奶。由她照顧一段。每一家，有孩子的，不都是這樣長大嗎？況且，妳還是一個人。」

就付了酬勞，占去一多半的工資，為的是換一點時間。

開始的兩天，她還覺得新鮮，沒有現出不願意。但很快，兩週不到，她就生病了，拉肚子。去看她時，她怯聲說：「媽媽，妳的小說什麼時候寫完啊？」

就這一句，問得我萬箭穿心。

也肝腸寸斷。

非常慚愧。

當即，就帶她回家。後來，那個長篇總算寫完了，出版也順利。那是長篇處女作。很多時候我問自己：為什麼要寫呢？那麼艱難的日子，不寫、不讀，每天只是上班，混，時間的負擔會輕省些。為什麼要自討苦吃？

時光走過了二十年，我也常常責問自己。

沒有答案。

好像是不寫不行。我的心靈需要。靈魂需要。

前不久參加一個雲南作家的寫作營，一女作家為參加這個會，跟她兒子暫時分開。而疫情，那孩子自己隔離在酒店。她說她兒子轉來了一句話：「有的人在用童年治癒一生，而有的人，要用一生，來醫治童年……。」——她說她心裡很疼。

誰又不是？天下的母親。

這世間，誰又缺我的寫作？女兒沒有父親的童年，她一定更需要一個全心全意照顧她的母親，而不是什麼作家媽媽。可是，可是，我這一生，就像中了蠱，深重的蠱，沒有文學，我也活不下來。

活不下去。

文學也是醫治我心靈、情感、精神的療藥。沒有文學、藝術，活著如行屍，我也難活。倘若有來生，我會選擇怎樣的生活？我還願意這樣生活嗎？

答案一定是——是的，我願意。

我願意這樣生活。

五　親愛的小孩　親愛的媽媽

原本，這部長篇散文，我要分七到九個樂章，寫下我的來路，我的去往。但，兵荒馬亂的當下，荒誕到魔幻的現實，一顆難於安定的心，至此，該停一停，歇一歇。我的心力，有些寫不動了。

能活下去，是心中有情，心中尚未乾涸。母親和女兒，她們是我的海，我的錨。有她們牽絆，我還要繼續向前走。

三個人的緣，我不知是幾世修。感念上蒼眷顧，上帝的安排。

稍得閒暇時，我會一個人靜靜地待一會兒，重溫往日時光。那些在一起的日子，重現，歷歷，我們就像從未遠離。

親愛的母親，親愛的孩子，我們依然在一起。

現實的大衝浪，個人不由己，隨波命運。我每天，都告誡自己，儘量活得像個人，儘量有個人的樣子。鐵打的營盤，流水的官兒，小閻王走了，更噁心的來了，還是介女流。管理風格街道大媽式，真是給她所在的黨、組織，丟臉。藝術的當家人，一任一任，就是這樣，敲骨吸髓，如蛆附骨，糟蹋了文化。

這些人一無所長，除了錢，他們表現不出任何興趣。對權力變態的迷戀，每天是災難般的現實。靠開會來使用、證明權力，權力的殺威。大好的時光，白白浪費，揪一起，只有開會能證明「權力正在使用中」、「權力有效」……。上帝啊，如果您真有一隻巨掌，何不把泥鰍都歸入泥塘；金魚，給牠一池清水；野鶴，有方天地；蒼蠅、壞蛋、魔鬼，都歸於一籠？讓好人，得以喘息。

前幾天讀民國大師陳寅恪的一段話，如雷轟頂，如夢方醒。他說：「我們這塊土地，這些人，終其一生，大多所行，不過是苟且二字。所謂風光，不過苟且有術；行路坎坷，不過苟且無門。基本不過如此而已。」

還有幾句更悵惘的：「華夏諸君，多不過生無奈，去迷離。周而復始，終不得焉。以為風光之輩，多不過小丑而已……。」——道盡了這一域的滄桑！

長篇散文，就寫到這裡了。後面的篇章，留待來日。我此時的心情，像極了邱吉爾那句話——「我不能給大家許諾什麼，但是，我能盡心的，只有熱血、辛勞、眼淚和汗水。」——十年飲冰血不冷，三十載屈辱淚不屈。真摯，誠實，堅韌，意志，這是我生命的信譽。

也是文學的脈流。

期待疫亂結束，人過上人的生活。

也祈禱天空澄明，盼望大地河清。

——寫於二〇二二年五月十七日　河北石門

期待疫亂結束，人過上人的生活。
也祈禱天空澄明，盼望大地河清。

貓空－中國當代文學典藏叢書13　PG2784

我願意這樣生活
──曹明霞隨筆集

作　　者　曹明霞
責任編輯　孟人玉
圖文排版　陳彥妏
封面設計　吳咏潔

出版策劃　釀出版
製作發行　秀威資訊科技股份有限公司
114 台北市內湖區瑞光路76巷65號1樓
電話：+886-2-2796-3638　傳真：+886-2-2796-1377
服務信箱：service@showwe.com.tw
http://www.showwe.com.tw
郵政劃撥　19563868　戶名：秀威資訊科技股份有限公司
展售門市　國家書店【松江門市】
104 台北市中山區松江路209號1樓
電話：+886-2-2518-0207　傳真：+886-2-2518-0778
網路訂購　秀威網路書店：https://store.showwe.tw
國家網路書店：https://www.govbooks.com.tw
法律顧問　毛國樑　律師
總 經 銷　聯合發行股份有限公司
231新北市新店區寶橋路235巷6弄6號4F
電話：+886-2-2917-8022　傳真：+886-2-2915-6275

出版日期　2023年2月　BOD一版
定　　價　420元

讀者回函卡

Printed in Taiwan

國家圖書館出版品預行編目

我願意這樣生活：曹明霞隨筆集/曹明霞作. --
一版. -- 臺北市 : 釀出版, 2023.02
面； 公分. -- (貓空-中國當代文學典藏叢
書 ; 13)
BOD版
ISBN 978-986-445-762-5(平裝)

855 111021299